江分利満氏の優雅な生活

山口瞳

筑摩書房

目次

江《え》分《ぷ》利《り》満《まん》氏の優雅な生活

しぶい結婚

†SNUB-NOSE. 38

砂利の多い道を少年が駈《か》けてゆく。日曜日の午後1時を少し廻ったところである。

道の端の砂利の少ないところをえらんで、思いつめたような顔で駈けてゆく。左掌《ひだりて》の10円玉は、汗でビッショリ濡《ぬ》れて匂っている。1軒の店に着いたとき、そのままの顔付きをくずさずに少年は深呼吸して、棚《たな》から棚をゆっくりと見廻す。2度、3度。やがて1冊の本をつまらなそうに取りあげてパラパラとめくり、ややぞんざいにもとへ戻す。呼吸は平常に復したが、憂鬱《ゆううつ》が少年を領している。しかし、ふたたび書棚に目をあげたとき、少年の顔はパッと輝く。誰だってその時の少年の顔を美しいと思うだろう。心を鎮《しず》めて1冊を抜きとり「コレ」と小さくいって10円玉を渡す。少年はふたたび、砂利道の砂利をえらんで駈けだす。少年が胸にかかえているのは、武藤勝之介著『長編宇宙漫画・金星人の逆襲』である。

彼は、モダンなテラス・ハウス群に消えるが、ほぼ30分経った頃ふたたび姿をあらわす。左掌に10円玉、右手に武藤勝之介、母親に注意されたのか今度はストロー・ハットをかぶっている。

貸本屋のオヤジというのは、何故《なぜ》怠《なま》け者《もの》が多いのだろうか？　営業時間は午後1時から9時までである。朝は仕入れに行くのか。それとも文化人を自任しているのだろうか？

貸本の値段は、翌日の9時までに返済すれば1冊10円、以後1日増すごとに5円増しとなる。

たいていの日曜日、少年は、貸本屋とテラス・ハウスを10往復するが、支払いは必ずしも百円ではない。2度ぐらいはマケてくれるからである。それにしても、少年は何故1冊借りて10円払い、それを返して、また1冊借りて10円払うという手間のかかる方法をとるのだろうか？　翌日の午後9時に返しても料金は変らないし、5冊いっぺんに借りることだってできるのに。少年は気が弱いのだろうか、それとも潔癖なのだろうか？

少年は学校から帰ると、道で拾った硬式テニス・ボールを持って外へ出る。彼はそれを毛毬《けまり》と称しているが、1人でテラス・ハウス東側の壁にぶつけるのである。少年の球はかなり速くて母親は受けることができない。少年は慎重にかまえ、ワインド・アップし、快速球を投げこむのである。彼はときに捕手のサインに首をふることがある。プレートをはずし、1塁ランナーをにらみ、口の中でブツブツいいながら、次の球質を考えることがある。彼のタネモノは「変化球」とフォーク・ボールと「沈む球」であるが、彼自身がそう思っているだけで全《すべ》て速球である。もっとも彼は快速球も怪速球だと信じている。テラス・ハウスの壁は粗《あら》くて、怪速球はとんでもない方向にはねかえるが、彼は決して走らずにゆうゆうと拾いにゆく。ピッチャーは走ってはいけないと教えられたのだ。それをあきずにくりかえすのである。

不思議なことに、少年は野球はキライである。プロ野球の選手は長嶋と王しか知らないし、テレビの野球がはじまると、2階の自分の部屋に消える。彼ははじめ小学校の野球部の選手であったが、1ト月たたないうちに2軍の主将を命ぜられた。2軍の何かを知らず、主将について知っていたから、得意であったが、そのうち2軍は試合に出られないと知って止《や》めてしまった。

少年の忿懣《ふんまん》が壁野球になった。彼は何かを呟《つぶや》き、1球ずつ丹念にあきずに投げこむのである。いい忘れたが、彼は珍しい左投げ右打ちである。左投げ右打ちで名選手が出ためしがない。

少年はしばらくコルトに凝ったことがある。食事中も手離さず、夜も抱いて寝たが、1年経《た》って小遣《こづか》いをためて SNUB-NOSE. 38 を買った。私立探偵《プライベート・デイテクテイブ》のつもりである。「サンセット77」というテレビ映画をご存知のかたはすぐ分るはずと思うが、上着の下に仕込むピストルである。

彼は様々にスナップブ・ノーズを発音してみた。勉強中にもときどき「スナップブ・ノーズ！」という気取った声が聞かれた。

「スナップブ・ノーズ？」

そのうち、ノーズは鼻であることに気がついた。次に苦心さんたん、1時間かかって遂に辞書の中から SNUB-NOSE という単語を見つけだした。SNUB-NOSE は「獅《し》子鼻《っぱな》」であることが分った。彼の独《ひと》りごとに日本訳が加わることになる。「スナップブ・ノーズ！　獅子の鼻」彼は静かにピストルをなでるのである。獅子の鼻！　ますます勇ましいではないか。愛着は深まるようであった。

少年の母は、息子が英語の辞書をひいたことに感動した。

「どれどれ、どこに出てたの？」

少年は辞書の頁《ページ》を示した。

「SNUB-NOSE。名詞ね。獅子鼻。ホント！」

「シシッパナ？　獅子の鼻じゃないの？」

「ライオンの鼻じゃないのよ、ホフ、あんたみたいに天井むいてる鼻のことを獅子鼻っていうのよ。そういえばこのピストルもそんな感じね」

少年の落胆は独り言をいわなくなったことで知れた。

この少年が、江分利満の１人息子江分利庄助《しょうすけ》（10歳）である。

†塀

実際、砂利の多い道である。道路工事をはじめるために砂利を敷いたのか、それとも単に砂利を置いたのか分らぬが、肦胝《たこ》のある江分利の歩き方は自然に老人のようになる。背を曲げ、下を向き、具合のよさそうな石を拾って歩かねばならぬ。

砂利は、その他にも実害をおよぼした。江分利の勤めている東西電機の社宅12軒のうち、江分利家と他の3軒が道路に面していた。

ある日、隣に住む営業1課の辺根《へんね》がいうには、昨夜寝ているときに拳大《こぶしだい》の石が飛んできてガラス戸を破ったという。幸い網戸と2重になっていたので大事に至らなかったが「寝ていて交通事故に会うんやから　かないまへんわ」と辺根がいうのは、その石が、トラックだかミキサー車だかのタイヤではじき飛ばされたものだったからである。

そういえば、江分利も、夜中、トラックが通るときにカチリという音を聞くことがあった。はね飛ばされた砂利が、金網の塀《へい》に当る音である。江分利家の庭は一面の芝であるが、彼が日曜の朝、雑草を抜いているときに意外に大きな石を発見することもあった。彼は丹念に除草し、毎週芝を刈り、小石を捨てるから、新しく発見された石はやはりトラックだかミキサー車だかの仕業《しわざ》に違いない。

江分利にひとつのアイディアが浮んだ。いまの天地1メートルの金網を2倍にしよう、そうすれば砂利の被害をかなり防げる。これはちょっとしたアイディアではないか？

2世帯で1棟《むね》のテラス・ハウスが6棟、計12世帯がこの地域での東西電機の社宅である。2階建てで下が4畳半に台所・風呂・水洗WC、上が6畳に3畳という間取りは全部同じであるが、1棟だけに限っていえば、2世帯は左右対称の間取りとなる。江分利と反対の間取りに住む佐藤夫人は「お宅へ遊びにいくと、身体《からだ》がこうねじれるような気持になりますの」と言う。

さて、建て方は6棟とも同じであるが、矩《く》形《けい》でない地所に矩形の家が建ったから、当然、庭に大小ができたのである。ここに面白い現象が生じた。クジ引きで入居したのであるが、大きな庭に当った者は、こころなしか庭の手入れに熱心となり、小さな庭では雑草の茂るがままという状況が見られた。もっともそこは個人の志向もあり、芝を植えると転勤になるというジンクスもあり、転勤の多い営業部とそうでない者とでは自ら愛着に差異が生ずるのだが……

江分利の家は前列、向って右端にあり、菱形《ひしがた》の地所の張り出した部分に当るのでもっとも庭が広く、一番小さな家の庭に比較すると、ほぼ1坪広かった。彼はなんとなくいい気持であった。いや非常にいい気持であった。この気持は社宅住まい、アパート住まいを知らない人には、おそらく理解できないであろう。自分の家が隣の家より、ちょっと広い、庭がちょっと広いというのは、断然いい気持なのである。

江分利は庭つくりに精出した。庭つくりといっても一面の芝生と、ヒマラヤ杉と、道路に面した金網に蔓《つる》バラをからませることだけだったが……

彼は、朝早く目覚めたときは、庭へ出て雑草を抜く。日曜日の午前中はこれで潰《つぶ》す。芝の間のどんな小さな雑草をも見逃《みのが》さない。煙草《たばこ》のすいがら、マッチの軸、小石、粘土のかたまり、枯葉を除く。やや病的に近いが、もともと庭が狭いのだから微視的になるのも致し方がない。

石塀で仕切った隣家の辺根と顔があうことがある。辺根はだまって自分の庭に目を落す。

可憐《かれん》な、あるいは強靭《きょうじん》な、あるいは逞《たくま》しい、つまりいかにも雑草らしい雑草が無秩序に生《お》い茂っている。モダンなテラス・ハウスだけに、いっそう痛ましい感がある。目が

合っても、何もしゃべらない。これが社宅のエチケットである。しゃべっても、せいぜい

「精が出ますな」

とか

「公園みたいになりましたな」

とか言う程度である。

「昨日の桑田の満塁ホーマー見ましたか?」

「見た見た」

これでおしまいである。

今年の4月、珍しく辺根が鍬《くわ》を振っているのを見た。2週間ほど経って、芽が出そろった。庭の好きな江分利はうっかり禁を破ってしまった。

「出ましたね、キレイですね」

江分利は自分の庭が美しすぎるのに負目《おいめ》を感じていた。

「コスモスじゃないですか?」

辺根は黙っていた。

「コスモスはいいですよ。つきはなす貨車コスモスのあたりまで、正一郎という人の句

だそうですが、コスモスとかカンナとか月見草なんてのは、なんとなく田舎《いなか》の駅の感じですね」江分利は辺根が汽車好きなのを知っていた。

「旅情がありますよ、それに……」

辺根が低くさえぎった。

「コスモスじゃありませんよ……十日大根です」

だから、社宅では口をきいてはいけないのである。

ことわっておくが辺根に羞恥《しゅうち》も自嘲《じちょう》も怒りもない。明るく淡々としてこだわらないドライである。恥じたのは江分利の方だ。

江分利の、金網を2倍にしようというアイディアには、別の狙《ねら》いがあった。蔓バラを、そこまでからませたいと思ったのだ。むろん、悪意ではない。危害予防と美観を兼ねたいと願っただけだ。いや、蔓バラの黄と赤とピンクを一杯に咲かせたい、その間からヒマラヤ杉とデッキ・チェアを置いた芝生が見える、というのは江分利が子供の頃から抱《いだ》きつづけた、無意識のしかし強い願望だったのかも知れない。

金網を危害予防のために2倍にするとすれば、道路に面した、江分利・辺根・川村・佐藤の4軒が結託しなければならぬ。

一番の被害者であり、事務に堪能《たんのう》な辺根が「社宅補修願」を書いた。

①某月某日、拳大の石が飛んできて、辺根家の1階のガラス戸を破りました。さいわい怪我《けが》はありませんでしたが、これでは安心して寝ることもできません。
②某月某日ほか数日にわたって江分利家の庭に小石が飛びこみました。川村・佐藤の両家にも同様の被害がありました。これでは安心して庭へ出ることもできません。
③佐藤家には1歳の幼児がいますので、特に危険です。
④現在の金網は道路から簡単にまたぎ越すことができるので、用心が悪い。
⑤従って現在の金網の塀を即刻2倍の高さにしてほしい。

みんなこれに印鑑を押した。

3日たって、建築会社が状況を見にきた。男は全部出社中で、夫人達が応対したが、ここで意見が割れたのである。佐藤夫人は危険予防のためには、現在の粗《あら》い金網を2倍したのでは不完全である。網目を縫って小石の飛びこむこともある。石の塀にすべきではないかと提案した。正論である。これに対して「石の塀にすれば費用がかかって会社がウンというかどうか分らぬ。それに、不用となった金網をどうするか」「石の塀は立派すぎて、奥に住む方々に申しわけない」「石の塀は風通しが悪くなり健康的でない。草花や樹木にも悪い」「風通しは、石にところどころ空間をつくればよくなる」という論議がなされ「現在の金網の高さの石塀をつくり、そのうえに金網をのせればよい」という折衷案も出たが、結論を得ずに建築会社は帰っていった。


出勤電車のなかで男たちが言った。

「金網でいいんですよ、金網で」と佐藤。

「そのうち道が舗装になるんじゃねえか」と川村。

「しかし、ヤケに交通量がふえたぜ。夜中はぶっ飛ばすしね」と辺根。

「なんだか、面倒くさくなったね」と江分利が言った。

1カ月たったが、蔓バラの網ごしに、ヒマラヤ杉とデッキ・チェアを置いた芝生が見える、という江分利の意識下の強い願望は宙に浮いたままである。

†犬を飼う

江分利の家には犬小舎《ごや》がある。

昨年の暮、東西電機の社宅の一番奥にある矢島家に空巣《あきす》が入って、現金2万5千円と銀行預金証書およびアサヒペンタックス1台が盗《と》られた。最近の泥棒は衣類などに目をつけない。ボーナスの直後であること、矢島夫人ほか5人の夫人が連れだって夕食の買物に出た隙《すき》を狙うなどは、事情に明るい者の仕業《しわざ》にちがいない。

社宅は一時緊張した。どの家でも2重鍵《かぎ》をつけ、連れだって買物に出ることを止めた。江分利が蔓バラを植えたのはこのためもあるが、思うようには蔓がのびない。

犬を飼うことになった。江分利の妻夏子（34歳）も乗気だったし、庄助は大喜びだった。庄助は本屋（貸本屋でなく）で『犬の飼い方』という本を買ってきた。『犬の飼い方』は哲学書みたいに難解であったが（このテの本はみな難解であるが）庄助はともかく読了した。「エアデル・テリヤがいいよ、絶対エアデルだよ」と彼は昂奮して言った。犬に関して彼は権威者だから従わざるを得ない。それに東西電機の販売促進課長松野がエアデル・テリヤの雌を飼っていることを知っていたので、内心ホッとした。エアデル・テリヤは『わんわん物語』という漫画映画の主人公ノラのモデルであり、忠実でオッチョコチョイという性癖は江分利も気に入った。

暮のうちに江分利はサントリー・オールドを1瓶《びん》さげて松野の自宅を訪れた。意外にも松野のエアデル・テリヤは、展覧会で入賞したこともあるとかで、犬仲間では知られた血統であった。さんざん聞かされたかわりに、江分利は手土産《てみやげ》のウイスキーを全部飲み、1月の末に生れるという1匹を貰う確約をして帰ってきた。

2月のはじめに、松野は江分利の席へ来ていった。どうしたことか生れたのは雄が1

匹で、あとの5匹は雌だった。生まれた仔《こ》のうち雄の1匹は、番《つが》った相手に返す規則があるという。「だけど、雌のほうがおとなしくて飼いやすいんだぜ」と松野は教えた。

江分利家では毎夕食後、犬小舎についての論争が絶えなかった。庄助は『犬の飼い方』に出ている「2部屋式」を主張した。夏子は2部屋なんてゼイタクだから、1ト間にして江分利が日曜大工すればよいという。江分利は、犬屋に相談して造らせろという。丸屋根か三角屋根か、囲いはどうする、どこに置くか、ペンキの色は……犬は、まだ来ていなかった。2ヵ月ぐらいは親のそばに置いたほうがよいというので、情報だけ時々聞いていた。

3月の半ば頃、江分利が会社から帰ってくると、庭の芝生の上に赤い屋根の犬小舎があった。

「僕が、見つけたんだ」と庄助が頬をふくらませた。

「庄助が見つけたのよ」と夏子がいう。

「私、ビックリしちゃった。今日、高島屋へ行ったら、犬小舎を売ってるのよ、ね、驚いたでしょう、デパートって犬小舎まで売ってるのね。あんまり可愛らしいから買ってきちゃったの、車に乗っけて……」

4月に入って、そろそろ仔犬を貰いにゆこうと思っていたある日、夏子はいった。

「ねえ、私、いろいろ考えたんだけど……」

江分利はドキンとした。夏子がシンミリするのはよくない知らせにきまっている。

「私、いろいろ考えたんだけど……犬を飼うのは止めるわ。だって餌《えさ》をやるのが大変だし、それに雄ならいいんだけど、雌だと庄助の教育にも悪いし……囲いがあったってダメだっていうわよ。囲い越しにするんだって……旅行にだって出られないでしょう？」

「庄助は、どういってるの？」

「この間まで散歩は僕が連れて行くって張りきっていたんだけど、よく調べてみたらエアデル・テリヤってとても大きくなるんですってね。庄助の力じゃ引っぱれないってことが分ったら、僕、よすって……」

江分利家の庭には赤い屋根の犬小舎があって緑の芝生とよく調和しているが、犬はいない。販売促進課長が江分利をバーに誘う回数もめっきり少なくなった。

†なんにもなくてもよい

辺根家の雑草庭園の話が出たとき、夏子は言った。

「あの人たちは、なんにもなくてもいいのよ。2人だけで充実してるのよ。とても庭どころじゃないのよ」

辺根は新婚6カ月である。

江分利は、その頃を思い出した。江分利満（35歳）夏子（34歳）庄助（10歳）という年齢からおして、彼等の早婚が分るだろう。江分利は昭和24年5月28日に22歳で（もっとも昭和24年は満年齢の法案が可決したばかりの年だから、正確には数えの24歳だが）結婚した。これが結婚といえるかどうか、江分利の家も、夏子の家も完全にへたばっていた。両家とも2人が家を出た方がプラスになった。夏子が銀座の洋裁店で縫子として働く給料が4千円、江分利の給料が8千円、夏子も江分利も独立することは出来ず、2人あわせれば2千百円の間代を払ってかつがつに暮しがたった。これでは結婚するより仕方がないではないか。今の結婚とは、まるで違っていた。

結婚式の前日の5月27日、江分利は床屋で目をさましてビックリした。彼は子供の時からヒタイを剃《そ》ったことがなかった。剃刀《かみそり》をいれない自然の眉《まゆ》が好きだったのに、鏡にうつった顔は眉がピンと直線になっていた。まるで覆面《ふくめん》をとった嵐寛寿郎《あらかん》みたいな顔になってしまったではないか！　江分利は、数日来の緊張のために、額を剃らぬように告げるのを忘れて眠ってしまったのだ。

床屋を出て大通りに出たとき、花嫁行列を見た。通りのこちら側から向いの家に嫁入るらしく、角隠しをつけた女が黒紋付にかこまれて大通りを横断していた。左右の車を警戒しながらゆっくりと、しかし小走りに、花嫁はカンザシを揺らして走った。江分利たちは新郎新婦のイデタチをしない約束をしていたが、夏子は、いっぺんああいう恰好《かっこう》をしてみたい、と洩《も》らしたこともあった。

裏山の氷川《ひかわ》神社が式場で、社務所で披露宴《ひろうえん》が行われた。仲人《なこうど》の山内教授は折詰にあったバナナを珍しいといって、食べずに持ち帰った。

江分利たちは7千円持って熱海《あたみ》へ行った。熱海へ行ったのは、余程心にユトリがなかったせいに違いない。予約もしてなかったので方々でことわられた。翌朝、すぐお勘定してもらって、文京区関口台町の菓子屋の2階へ帰った。熱海では珍事があった。朝、江分利の越中褌《えっちゅうふんどし》がどこをどう探しても無いのである。江分利は、宿の女中が新婚と察して縁起をかついで盗ったと速断したが、こんな縁起は聞いたこともない。ただ当時は江分利のような東京生れの人間でも越中褌をしていたことに注意されたい。

関口台町の菓子屋の2階、北側の4畳半1間が江分利の新居である。東側の欄間に「万物光輝を生ず」西側に「終始一貫」という横額があり、それが「臣道実践」でないことを喜んだ。昭和24年は、松川、人民電車、平事件、下山《しもやま》事件の年であり、すぐ裏側にも2階屋があって共産党員の兄妹が住んでおり、夕方になると『シベリヤ物語』の主題歌が細々と聞かれた。「ブルジョワだっていう話だったけど、ロクなもの持ってないわね」と妹の方がのぞきこむようにして言った。

江分利はタメイキをついたり、独りごとをいうようになった。飲み屋で焼酎《しょうちゅう》やバクダンを飲んだ。飲めば誰彼かまわずにからんだ。宿酔《ふつかよい》で、よく会社を休んだ。中年の裕福そうな女性を見るとすぐ腹を立てた。彼女等は、よく道で立話しながら屈託なさそうに笑った。いったい、いつの日に夏子がその高笑いを獲得できるか、江分利もともに笑うことが出来るのは何時《いつ》の日か、彼は全く自信がなかった。

江分利と夏子はよく喧嘩《けんか》した。2人で散歩に出て、ひょいと見ると、夏子は百メートルも後ろに立ち止っていることがあった。江分利はそのまま家に帰り、夏子は2時間も経ってから帰ってきた。新婚6カ月で江分利は、どうやってこの女と別れようか、と真剣になって考えた。しかし次の日には、その頃はやった「東京の屋根の下」を2人で歌った。「なんにもなくてもよい口笛吹いていこうよ」という条《くだり》をくりかえし歌った。

12年経った。東西電機は1昨年あたりから電化ブームの波に乗った。今年も7月を待たずに、扇風機、電気冷蔵庫が売り切れた。戦後のストで潰《つぶ》れかかったことや、社長が自ら旗を持って小売店を廻ったことなどウソのようである。

しかし、このモダンなテラス・ハウスでの新婚生活とは、一体どんなものなんだろう。江分利には、実際のところ、分らない。実感として湧《わ》いてこない。だが、心のスミのどこかで、結婚なんてそんなもんじゃないぞ、という思いはある。婦人雑誌が特集するような、新聞やテレビが結婚シーズンに教えてくれるような、ウエディング・ドレスや7泊8日の新婚旅行や寝室のムードや「新しい披露宴の仕方」やリビング・キッチンや新家庭朝のお献立やテラス・ハウスや三面鏡やコーヒー・セットや、それだけが結婚じゃないんだぞという思いはある。

不安と焦躁《しょうそう》と反撥《はんぱつ》と労《いた》わりあいみたいなものが江分利の新婚6カ月だった。それがずいぶん長く、10年以上も続いた。いつ頃からかはっきり分らないが、江分利は夏子と庄助を自分の妻として自分の倅《せがれ》として愛するようになった。それを広言するようになった。夏子も時折、屈託なく笑うようになった。それが江分利には不思議である。実に不思議なのだ。

おもしろい？

†重苦しい朝

江分利の前で釣革《つりかわ》につかまっていた男がアアと小さくため息をついた。

左手を釣革からはずし、目を右手に持った『英語に強くなる本』から左手首に移動した。

「アア、8時、か！」

それは江分利だけにしか聞えなかったようである。江分利はすぐに男の失策に気がついた。なぜなら、いま8時なら、男はため息なんか吐《つ》く必要がなかったからである。

1分。2分。男は本から視線をそらして窓外を見た。（気がついたな！　どうするか）アアと小さくため息をつく。釣革から左手をはずす。（やるか。やる気か？　よせよ。君、そんなにまでしなくたって……）しかし、男は遂にやったのである。セイコー自動巻を近づけて、

「アア、9時、か！」

横浜と渋谷をつなぐ私鉄が田園調布を過ぎた所だ。

8時と9時では、車内の空気がまるで違う。8時はムンムンしている。活気がある。ポマードが匂う。手提鞄《てさげかばん》の御下《おさ》げがいる。スポーツ紙が5人はいる。(血まみれ力道、大いに怒る。「力道山を怒らせたのが外人選手の敗因でしょう」) 六法全書も単語カードもいる。「3暗刻《アンコ》のドラドラドラでよ、また山本さん3万点敗けよ」「よしゃいいんだよ、いい歳《とし》して」

9時はどうか。9時はヒッソリしている。坐れることもある。冬が近づくと毛糸のチョッキが乗りこんでくる。そもそも毛糸のチョッキとは何者であるか？

平社員と課長とはどこが違うか。会社勤めの男たちは知っている。しかし、女たちは、夫人たちはまるっきり知らない。

収入？　ご冗談でしょう。課長には付き合いがある。部下《スタッフ》のおだてに乗る必要もある。安っぽい酒場へ行くわけにはいかない。来客にそなえて上等のウイスキーを常備しなくてはいけない。夫人にオードブルのつくり方を習わせなくてはいけない。ピアノとステレオがいる。スピッツを飼わねばならぬ。娘は私立へ入れる。家庭教師がいる。10日に

1度は散髪する。既製服では困る。真冬のモーニングがいる。靴下はウールでありたい。ネクタイぐらいはスコッチかカルダンをはずむ。真珠のネクタイ・ピンがいる。縁なし眼鏡と鰐《わに》のベルトがいる。一枚革の財布に畳まない5千円札をのぞかせなければならぬ。しかし自由になる金といったらほんの僅《わず》かなのだ。「ベルリンの問題だがね、毎日の角田に会ったら……へええ、ジプシー・ローズが池袋でね、驚いたね……時に君、ヘミングウェイは自殺かね……」悲しいのである。

平社員と課長とはどこが違うか。課長のお茶には茶托《ちゃたく》がつくのである。笑ってはいけない、事実なのだ。まさかこんなことを家で報告する男もいないだろうから、夫人たちは知らない。たとえ陸軍旗と海軍旗とをぶっちがえた株式会社東西電機創立30周年の記念茶碗であろうとも、茶托がつかないで一線が劃《かく》される。

課長には、朝、熱いオシボリが出る。胃の悪い課長には三共胃腸薬かソロン。宿酔とみればグロンサンの試供品か新グレランが1錠半。（1錠半というところが泣かせるではないか、いかにも実がありそうで。10錠入を1錠半ずつ飲むと最後はどうなるか）鉛筆はピンと尖《とが》っているし、赤青は使いやすく先端をまるめてある。机の上には大きな硝子《ガラス》の一枚板（冬は冷たくないかな）があり、都内交通図と昨日のテレックスと試写会の招待券が見える仕掛けである。課長の椅子は同じネコスでも肘掛《ひじかけ》付きである。次長のは同じ肘掛付きでも肘に白いカバーがついている。部長のは肘にも背中にも模様のついたカバーがあり、クッションがある。課長以上は会社の車を自由に使用できる。課長以上は来客用のWCを使用できる。課長以上の来客にはコーヒーと菓子がでる。

9時の電車には毛糸のチョッキが乗りこんでくる。これが課長なのだ。課長の服装はあまり粋《いき》すぎてはいけない。むしろ、一寸《ちょっと》野暮であることが希《のぞ》ましい。毛糸のチョッキが似合うようならしめたものだ。待合の接待費はきれないから、そこでいや味をいわれることもない。

9時の電車は縁なし眼鏡《めがね》とネクタイ・ピンと毛糸のチョッキである。彼等はタイム・レコーダーを押す必要がない。ガチャン・ピーンがない。

「……ハバネラから鶴へ廻ってね……」

「いつものコースか……」

「エスカルゴでみんなを帰して、最後はボナールさ」

「ご熱心なことで……」

「そんなんじゃないんだ、六本木で飯くって、慶子を四谷へ送って……」

「へええ……」

「ちがうったら、惰性だよ、これは」

　東西電機の始業は9時であるが、20分間のアロウアンスが認められている。9時20分までに出社すれば遅刻にならない。江分利はそれにも間にあわないのだ。

「アア、9時、か！」と呟《つぶや》いた男は、渋谷の地下鉄の雑踏にまぎれていった。江分利が丸の内線東京駅に着いたのが9時35分、旧丸ビルの脇《わき》を郵船ビルを右に見て左へ折れる。エレベーターはあるのだが、4階までわざと歩いてあがる。遅刻常習犯にはそれがふさわしいように思われる。受付嬢がわずかに頭をさげる。毎日のことなのだが、江分利はあわててタイム・カードを取り損《そこな》う。ガチャン・ピーン。みんなの視線が背中に集まる、ような気がする。

　江分利はなぜ遅刻するのか？　朝寝坊なのか？　朝飯が長いのか？　ヒゲ剃《そ》りが長いのか？　いずれも否である。8時に家を出ればよい所を7時に起きるのだから、決して朝寝坊ではない。朝飯はめったに食べたことがない。ヒゲも剃らずに出ることが多い。では、何故《なぜ》か？　江分利にもよく分らない。商売柄、新聞は朝、毎、読の3紙をとり、自然広告欄は時間をかけて見る。しかし、これもたいしたことはない。江分利はついウカウカしてしまうのだ。学校の頃から、そうだった。学校のすぐそばに住んでいて、よく遅刻した。

江分利も勇猛心をふるい起そうと思ったことがないわけではない。朝、起きてから、家を出るまでに、吾人《ごじん》は何をなすべきか？　順序はどうか？　家を出るには最低何が必要か？

裸で会社へ行くわけにはいかない。だから、まず、朝起きたら洋服を着ることだ。次に携帯品だ。携帯品はどの順序で重要であろうか。財布、つまり金だ。定期券。手帳。ハンカチ。ハナカミ。タバコとマッチ。これでよい。次にWCだ、折角早く出ても途中で現象が起ったら九仞《じん》の功を一簣《き》に虧《か》く。次に洗面。新聞。食事。これでよい。

これでよい？　これでいいか？　ちっともよくはない。

考えてもごらんなさい。朝パッと目覚めていきなり洋服を着られるかね。正装でWCに蹲《しゃが》めるかね、バカバカしい。ネクタイしめて歯をみがけるかね。そんなことは江分利という一個の「人間」に対する侮辱ではないか。

朝7時、目を覚ます。朝、毎、読をとってくる。寝床の中で読む。夏子がコーヒーを持ってくる。庄助と話しこむ。「おい、そのヒザッコゾウのケガはどうしたんだ」。催してくる。顔を洗う。テレビをつける。（このお嬢さん、何かに使えないかな。「便利さがいっぱいの○○デパート」ひどいコピーを読まされてるな、可哀そうに）あ、佐藤の奴、もう出て行くな。川村もだ。ま、行く奴は行け。「おい、洋服だ！　何にしようかな」「何にしようかなって言ったって2着しかないじゃないの」「じゃ、どっちにしようかな」「茶の靴が痛んでますから、紺のほうが……」「ワイシャツは？」「あ、それ、カフスが、ないの」「じゃ、白にしよう」「一寸《ちょっと》待ってください、アイロンかけますから」ほらみろ、もう間にあやしない、いっそのこと、読書欄をじっくり読むか、あわてたって仕方がない、ま、いいじゃねえか。

背丈《せたけ》ほど高くのびていた夏草が、白くなって倒れているのを踏みしだきながら、江分利は小径《こみち》を突っきって行く。

『娘と私』のテーマ音楽が流れてくる。8時40分だ。江分利の朝の気持はいつも重苦しい。重苦しさと、現実に遅刻することによって給料や賞与を差引かれていることで、江分利の罪は償われているか。いや、そうはいかない。チーム・ワークを乱していること、朝の空気を乱していることは償いようがない。江分利は、そう思うと、一層心が重苦しいのだ。35歳にもなって、朝の順序を考えるとは何事デアルカ。アホヤネエカ、お前は。

†江分利満の親友について

江分利の東西電機における一番の親友は吉沢第五郎である。吉沢は経理課員で、身長5尺8寸以上あり、姿勢はあくまでも正しく、眼は大きく澄んで、容貌《ようぼう》は大映の高松英郎に似ているが、彼よりもはるかに男らしく美しい。

朝はダメだが、飲まない日は、江分利は吉沢と一緒に帰ることにしている。8月に吉沢家に子供が生れた。

「どうだい赤ん坊……」

「……」

「泣く?」

「泣いて泣いてねえ」

「夜中に泣くのか?」

「夜中に泣いてねえ」

「起されちゃうの?」

「寝てられへんねん」

「夜中起されて、どうするの?」

「夜中起されて、何もすることあらへんねん」

江分利は思わず吹き出した。赤ん坊が生れて75日間、何もしちゃいけないと江分利が「鼻紙の用意七十六日目」という末摘花《すえつむはな》のバレをもちだして吉沢に冗談言ったのを守っているらしい。

江分利が庭に芝を植えたとき、吉沢はボンヤリ見ていた。何日か経って吉沢がやって来て、自分の所も芝にしたいが、どのくらいかかるか、実際に芝はよいものかどうか、芝を植えると転勤になるというジンクスはほんとか、ピッチリ植えるのと市松模様にすかして植えるのとどっちがよいか、と訊《き》く。

結局、吉沢は市松に植え、ていねいにていねいに植えたから、キレイに生《は》えそろった。

江分利は横浜の元町へ行って450円出して芝刈鋏《ばさみ》を買ってきた。

江分利がハサミを使っていると、吉沢がやってきて、幾らで買ったかと訊く。こんなもの滅多に使わないから、持っていったら、というと吉沢は、芝を刈ると切れなくなるから、それじゃ悪いという。かまわないから使ってくださいというと、錆《さ》びるから悪いという。

「錆びたっていいじゃないの」

それでも、吉沢は30分ばかり立って江分利が芝を刈るのを見ていたが、突然、叫んだ。

「そうや、家《うち》には砥石《といし》があったんや!」

吉沢は芝刈鋏を持って帰り、自分の所の芝を刈り、その夜のうちにピカピカに砥いで油を敷いたうえに、紙の鞘《さや》まで造って返しにきた。

福岡から帰ってきた吉沢が、出張旅費が余ったから飲みに行こうという。

「行きつけのいいバーがあるねん」

そこへ行く前に江分利は〝トンちゃん〟へ寄ることにした。会社にいる間につまらない冗談を思いついたからだ。

「ねえ、トンちゃん、ずい分会社の連中をお宅へ連れてきたけど、おなじみになったのは1人もいないでしょう。どうしてみんなトンちゃんのよさが分らないんだろう」とおだてておいて「どうもうちの連中は器量だけしか見ないから」とさげようという魂胆である。そして、その通りをトンちゃんに言った。（バカだね、ほんとに）

〝トンちゃん〟を出たとき吉沢は暗い顔になっていた。

「江分利さん、トンちゃんて美人じゃないの」

「そうかねえ、ま、一種の美人かもしれないけど……」

「美人ですよ、すごい美人ですよ」

吉沢の行きつけは、自由ヶ丘で降りて、いったん暗い所へ出て右に廻った角にあった。バー〝こまどり〟。

スウィンギング・ドアを押して入ったとき、江分利は吉沢の言葉を諒解《りようかい》した。〝こまどり〟は、江分利が水割りを注文したのに「まあ、そんなことおっしゃらないで、お近づきのしるしに」と言って無理にビールを注《つ》いだ。銀座のバーとは逆である。銀座ではビールだとせいぜい2本しか飲めないから決してビールをすすめない。場末のバーではストレート1杯か2杯で喫茶店がわりにやってきて百円でオツリを貰って帰る客もあるから、ともかくビールで2百円払うのは上客になるのである。吉沢が江分利を同僚だと言って紹介すると〝こまどり〟は言った。

「まあ、お供は辛いですねえ」

江分利は吉沢の言葉を二重に諒解した。

†ホワイト・カラー

江分利は身上調査表の趣味欄に散歩と書くことがある。

しかし、散歩とは、いったい何か？　昭和19年発行新訂版「広辞林」によれば、さんぽ【散歩】（名）そぞろに此処《ここ》彼処《かしこ》を歩むこと。あそびあるくこと。そぞろあるき。（遊歩）とある。

すると、1本道をドンドン歩くのは散歩であるのか、ないのか。セカセカ歩くのは散歩であるのか、ないのか。井《い》の頭《かしら》公園に散歩に行くのは、行きつくまでの行程は散歩ではなく、公園の中を歩くことだけが散歩なのか。その辺がどうもアイマイである。

江分利と夏子と庄助は、その日、塔をめざして歩いた。それは東西電機の社宅の2階から見える小高い丘の上に建っていた。

塔は、1年前には、そこになかった。突然建ったように思われる。

丘の上にたって、江分利は、塔と、塔を取り巻く巨大なアパート群とスーパーマーケットと小学校を発見した。団地だ。

「雀ガ丘団地ってのは、コレカア!?」と江分利は感嘆した。塔は給水塔であるかもしれない。

江分利はすぐ妙なことに気付いた。日曜日の朝の10時。実に人が少ないのだ。マーケットに女性が3人。ローラースケートの子供が1人。これだけだ。

雀ガ丘団地は約2千世帯と聞いている。変じゃないか、これは。

江分利は、それを、こんなふうに解釈した。公団住宅では家賃の5倍から5倍半の収入が入居条件である。家賃を7千円から1万2千円とすると、平均5万円ぐらいを収入とみることができる。家賃を除くと約4万円になる。

4万円の若夫婦はどうやって暮すか。まず将来に備えて、5千円は貯金をしていただきましょう。生命保険に2千円。英会話か自動車の教習に2千円。交際費に3千円。御主人の小遣《こづか》いが1日2百円として6千円。衣料費に3千円。電気冷蔵庫かステレオの月賦が3千円。書籍、映画、旅行積立など3千円。これは、まず、モダン住宅に住む若夫婦にとっては仕方のない数字だ。不意の出費は考えないことにしても、残りは1万3千円、1日を約4百円で暮さなくてはならない。ガス・水道・電気・管理費もその中から払うのだ。子供でも生れたらどうする気か？　それに、若くて手取り5万もくれる会社なんて、そうザラにあるものではない。ほんとはもっと辛いか、親がかりかのどっちかだろう。

だから、と江分利は考える、だから今日みたいな給料前の日曜日は部屋のなかでジッとしているのかもしれない。若夫婦のことだから、もっとヤヤコシイことをしているのかもしれない。すると江分利には、この巨大なアパート群が巨大ななまぐさいエネルギーのかたまりのように見えてくるのだ。

江分利にしたってそうだ。本給3万6千円、諸手当をナンダカンダ加えて、税金やら失業保険やらナンダカンダ引かれて、手取りはやはり4万円である。そこへもってきて入院中の父に平均1万円はかかる。庄助の英語の稽古《けいこ》と家庭教師で6千円。夏子の長唄で2千円、ナンダカンダで稽古事で1万円はかかる。これを贅沢《ぜいたく》だというか！　贅沢じゃない。止《や》めろという奴があったら表へ出ろ。

江分利家は2万円で暮さなければならぬ。ボーナスは、借金の返済と衣料費と月賦（ボーナス月に多額という支払い方法による）で消える。2万円で3人というのはおそらく山谷《さんや》、釜ヶ崎《かまがさき》にも及ばないだろう。これがホワイト・カラー（もし江分利の生活もしくはやり方をホワイト・カラーと言えるなら）の実態なのだ。

江分利には不思議なのだ、みんなが、いったい、どうやって暮しているのか、ほんとに自分たちだけでやっていけるのか、会社の辺根や川村や佐藤や矢島や吉沢は、どうやって暮しているのか、友人の上田や守谷や波多野はどうなのか、江分利には分らない。みんなどうしてあんなに涼しそうな顔をしていられるのか。もし、江分利と同じなら、君たちも釜ヶ崎同然じゃないか?

江分利に強味があるとすれば、貧乏に狎《な》れている点だろう。実際、江分利家には百円の金も副食物も無くなってしまうことがある。さいわい、3人とも少食（アリガタイネエ）だから米だけは切れぬ。なんにもなくなって夏子が福神漬《ふくじんづけ》（酒悦ダヨ）の残りを油いためしたことがある。ハスやなんかはダメだけど大根は無限に大きく復原するもんなんだ。こいつはイカスねえ!

ある夜、吉沢が折詰を持って玄関のブザーを鳴らした。

「お七夜に、君が、赤飯をくばるもんだって言うから」

「わるいこと言ったなあ」

「上等なんじゃないけど、近所であつらえたんだ」

「そりゃどうも」

福神漬と即席ラーメンに飽きた庄助は玄関をすぐしめて、むさぼり喰《く》った。

江分利家は、ほんとに楽じゃない。それに江分利は「飲む」のである。

†おもしろい？

5時に終業の電鈴《ベル》が鳴るが、5時半ぐらいまではグズグズしている。

ここが肝腎《かんじん》なのだ。つまり、精神的にも経済的にも肉体的にも「飲める」状態にある者と、そうでない者とがある。前者と前者の目があえば問題はない。イク一手だ。

しかし、なんとなく言いそびれることだってある。アイクチがわるい者もある。

前者と後者、これがむずかしい。つまり、誘われれば飲んでもよい位の状態と、ムリヤリ誘われれば飲めないこともないという状態と、今日はピッタイ飲まないぞ、しかし……という状態と、さまざまである。

辺根と佐藤は前者のようでもあったが、早く帰った。川村は残業である。古沢も、また〝トンちゃん〟ですか、といって帰った。矢島は、これが曲者《くせもの》なのだが、ゆっくりと上着を着て机の上を整頓《せいとん》して、レインコートをゆっくり着て
「じゃあ……」

といって帰った。

お互いに言い出しそびれたような感じでもあった。しかし、どうだい、いくかと言ってみて
「実は、今日は……」

とやられるくらい味気ないものはない。最後に柳原と眼があった。コンビで仕事をしている以上、帰社時間が同じになるのはやむをえない。

「やだよ、俺《おれ》は。飲んだっていいんだけど、どうも、君と飲むとね……」

荒れるから、の意味らしい。まあ、いいさ、とうとう1人になった。おとなしく帰るか。

しかし、夏子に今日は飲んで帰るよと言って出た手前もある。江分利は1週にいっぺんは大酒を飲む。結婚以来のならわしだ。……誓って家を出たからは……

江分利はジョン・ベッグでサントリーの水割りを2杯飲んだ。おもしろくない。おもしろくないといえば、江分利にとっては、この頃は、何をしてもおもしろくない。35歳という年齢のせいだろうか。無気力である。

江分利は東西電機宣伝部の野球チームの監督をしているが、ゲームのあるときだけが、おもしろい。あとはおもしろくない。

「君は、おもしろいかい?」

江分利はジョン・ベッグのマスター兼バーテンダーに訊《き》いてみる。

「ええ、まあ……」とアイマイに笑う。

トンちゃんで水割りを3杯。

「おもしろいわよ。ねえ、おもしろいじゃないの、カジヤマさん！」

トシコでハイボールとオン・ザ・ロックス。

「ねえ、君、おもしろいかい、お客なんて毎日おんなじこと言うだろう。たとえばだよ、ホラ、君、眼の下が蒼《あお》いよ、過ぎるんじゃないなんて、おもしろい？　それで……」トシコは笑って答えない。こいつはいつも笑ってるなあ。

江分利はブルー・リボンのドアをあけた。正確に言うと、制服のドア・ボーイが開けてくれたのである。

ブルー・リボンは銀座でも最高級のバーである。

実業家と政治家と流行作家しか来ない。江分利のようなホワイト・カラー（？）が入れるか？　入れるのである。カウンターで飲んでいるかぎり、そんなに高くはない。どうも人を見て請求書を書くような気がしてならぬ。江分利のように自前で飲む客は稀《まれ》だから、すぐ見抜いてしまうものらしい。そうでなくて、やっていける筈《はず》がない。モテルカ？　モテルのである。ブルー・リボンの客はだいたい50歳前後だ。つまり、江分利には稀少価値がある。親身に内緒事を打ちあけられる相手だ。(しかしこれは厳密にいうとモテているのではない。江分利がモテナイことはあとでまた書くが、美人と話をするとすぐ退屈してしまって、それが相手に分ってしまうらしい)

水割りとオン・ザ・ロックスとストレートを飲んだ。

「変な人ねえ、だんだん強くする人なんてはじめてよ」

とヨシ江が言った。

「エブちゃん、あたしダメなの。なにしても面白くないの。死んじゃいたいの。でもお店も止められないし。おもしろくないの」

と寛子《ひろこ》が言った。

「でもねえ、寛子死んだっていいんだけど、弟がいるでしょう、だから死ねないの。もう一寸かせがなくちゃ」

江分利はストレートのお代りをした。

「あたしねえ、ほんというと、エブちゃんに悪いけど失恋したのよ、ほら土曜日休んだでしょう、箱根行ったのよ。そこで言われちゃったの、寛子のこと好きじゃないって、ゴメンネ、こんな話」

江分利は新橋駅前のリボリへ寄った。日本酒を冷やで2杯。客とも女給とも見分けがつかない、首から下をべったり白く塗ったのがカウンターのなかで言った。

「おもしろい、おもしろくないって、おかしなシトねえ、キザったらしい……あたいはねえ、黒犬よ」

江分利は、もう飲めなかった。

「クロイヌう？」

「そうよ、あたいは、黒犬よ。いい？　尾も白くないっていうのよ、分った？」

「オモ、シロク、ナイ……」

江分利は表へ出てから、少し吐いた。

マンハント

†いで立つわれの……

江分利の服装に関するかぎり、戦後はまだ終っていない。
肌着《はだぎ》からいくと、まずパンツは、3枚百円の「気《き》軽《がる》パンツ」である。なぜ気軽かというと、前後がないのであって、つまり、前とか後ろとかを気にしないで気軽に穿《は》くことができるからである。2枚の白い布を合せてゴムをつけただけであるから、前後を反対に穿くことはあり得ない。戦前は物価が安いのでかなり賑《にぎ》わった麻布《あざぶ》十番商店街で購入したものであるが、その後あまり見かけないところをみると、評判がわるいのかも知れない。

シャツはランニングであって、肩のあたりは虫喰《むしく》いやら綻《ほころ》びが目立つ。そこだけを見ると、歴戦の連隊旗のように辛うじて布であることが識別できるといった部分もある。さすがに今年の夏、夏子が新しいのを買ってきたが、江分利の腹が急にでてきたのを配

處して、L判を買ったのが失敗だった。江分利は極端な撫肩《なでがた》である。従って胴のあたりはピッタリであるが、胸あきがたれさがって、乳頭が出てしまう。なんともだらしがない。そこでふたたび連隊旗にもどる結果となったのである。

ワイシャツはどうか？　東西電機のロビーで江分利に面会を求めた人は、彼が夏冬ともワイシャツの腕まくりをしていることに気がつくだろう。

1昨年ごろから、カフス・ボタンのワイシャツが流行した。江分利も、その時からほとんどカフスのワイシャツに変え、丸ビルのなかの洋品店の特売日に120円でカフス・ボタンを買った。そのボタンを昨年の冬に紛失してしまったのである。実を言うと江分利は家を出るときから腕まくりなのである。ランニング・シャツとちがって、じかに見えるから、ボロボロの奴でよいというわけにはいかない。江分利の腕まくりを見て、仕事に精励していると早合点《はやがてん》してはいけない。

次はズボン。（ズボンのことは正確にパンツと呼びたいのだが、そうなると、パンツのことをなんというか知らないので、ズボンはズボンとしておく）ズボンはアメ屋横丁で買ったカアキイ色のアメリカ陸軍将校用の、軍服である。裏をかえすと、どういうわけか、マジック・インクやスタンプや染めやらで、ヤタラに数字が書いてある。たしか、3千5百円を3千3百円に負けさせたような記憶がある。

このズボンにあわせるネクタイには最も苦労した。友人の誰彼に、ズボンにあわせたカアキイ色の、つまり枯草色のネクタイを見つけたら、知らせてくれるように頼んだ。見つけてくれたのは、凸版印刷銀座営業所の山本洋一さんで、銀座御幸《みゆき》通り、文藝春秋新社別館の向いにあるルノアールという店に同色のネクタイがあるという。英国製で千5百円だった。今年に入って枯草色はイタリアン・グリーンとかなんとかで街に氾濫《はんらん》するようになったが、それは江分利の知ったことではない。

ベルトは、なんとなく家にあったのを着用している。

上着は、終戦のときに、配給になったのか、闇《やみ》で流れたものか知らないが、日本海軍の軍服用の布地を仕立てたもの。日米を問わず軍服の長もちするのは驚くほかはない。靴下は、会社宛《あて》にくる中元・歳暮を皆で分けたもの。従って致し方ないがナイロンの柄物である。

靴は黒2足、赤1足でローテーションを組む。全部オーソドックスな紳士靴で、10年選手だから、いつどこでいくらで買ったか憶《おぼ》えがない。エース格の赤靴の登板数が多いが、それでも手入れが悪く、銀座の靴磨きにことわられたことがある。なるほど江分利の靴は少々のクリームでは受けつけないほど、かさかさに乾いている。エース格でそれだから、黒靴は推して知るべしである。2番手の黒靴はまあまあとして、残る1足がたいへんなシロモノで、もっぱら晴天用である。左足の裏に穴があいていて靴下の地模様がすけて見える。江分利は、その靴で捨てた煙草《たばこ》を踏み消そうとして、思わずキャッと言って飛びあがったことがある。この靴に関して言えば隔靴《かっか》掻痒《そうよう》という言葉が蒼《あお》ざめてしまう。

無帽。

アメリカ製中古のレインコート。

他に膝《ひざ》のぬけたドスキンの上下、頂戴物のウール、色はミッドナイト・ブルーの三つ揃《ぞろ》え、これが江分利の冬の服飾のすべてである。オーバーは着ない主義である。

江分利は服飾に関心がないのか？　そうでもない。現状に満足しているのか？　いやそうでもない。靴下やカフス・ボタンが買えないほど困窮しているのか？　いやそれほどではない。

まあ、仕方がない、ぐらいの気持である。衣料費は飲み代で消えているのだろう。それにしても江分利の服装は東西電機のなかでも評判になっている。いつだったか、総務課の柴田ルミ子がやってきて、思いつめたような表情で「江分利さん、死んだ兄のネクタイがたくさんあるんですが、よろしかったらお譲りしましょうか」と言ったことがある。江分利は好意は好意として、内心のフザケルナという表情をかくせなかった。江分利にも自負があるのだ。この際、江分利のために若干の弁明を加える必要がありそうだ。

まず、パンツである。気軽パンツ、結構ではないか。この頃は色物や柄物が出廻っているが、あんなものに何のイミもない。スポーツマンでもないのに、大事そうにサポーターで押えているのも滑稽《こっけい》だね。大事なものにはちがいないけれど……しかしさも大事そうにしているのはどうかと思うネ。

ランニング・シャツ。冬もランニング・シャツというところがいいじゃないの。ラクダのシャツよりもいい。少なくともラクダまがいのシャツよりも数等いい。

カフス・ボタンについて。実は江分利はカフス・ボタンを買いにデパートや洋品店を歩いたことがある。はじめのデパートで江分利は金の無地の正方形のものを見てしまった。1万7千円。いい姿だったね。これでもうダメである。何を見てもゾッとしない。金無地がちらつくだけである。といって、カフス・ボタンに1万7千円出すだけの気持のゆとりがない。されば、と思って、失くした120円のかせめて200円ぐらいまでのもので、趣味のよしあしを問わず、値段につられて買おうと思っても、これがもう無いのである。妙な値上りムードを江分利は憎む。最低が500円、ちょっとした奴で千2百円はする。ところが、千2百円では、ちょっとした奴という程度に過ぎないのであって、どうだシャレたカフス・ボタンだろうという小細工が目立って、つまり、江分利の目にはサモシイ、アサマシイ形にしかうつらない。手が出ないのだ。

ズボン。米陸軍将校用は江分利の買物としてはヒットの部ではないか。現在これを着用しているのは、魚河岸《うおがし》へ仕入れにいく長靴はいたアニサンたちや、野良《のら》で米などをつくるために働いている方々以外には見られぬが、そこはなんといっても人品いやしからぬ江分利のことで、かえって小意気に見える（だろうと思う）から不思議なものだ。太すぎるのが気になるが、第一に丈夫なのがいい。それはホントにあきれかえるくらいに丈夫だ。それにどうも江分利は、陸軍の枯草色、海軍の濃紺、空軍の灰色という軍隊色を好む傾向がある。軍国主義とかなんとかじゃなく、実際いい色だと思っているのだ。会社から家に帰り、ズボンと、同色のネクタイをハンガーにかけ、ベッドに寝ころんで、そいつを見ると、もしそれが土曜日の夜だったりすればなおさら、自分が、たまに休暇を貰って女の所へ遊びにきた兵隊であるような、実になんともオツな気分になってくるではないか！

上着だってそうだ。妙に半端なこれ見よがしの既製服など着る気になれぬ。

靴下。こいつは弱いね。江分利は、厚手のウールの靴下の感触にうなされることがある。穿《は》いて2、3日ぐらいの、靴のなかでジャリッと鳴るような感触はたまらないからね。江分利はいつも賞与を貰ったらウールの無地の靴下を2、3足と、英国製缶入《かんいり》煙草とを買おうと思っては果さない。

靴。これは最低だね。いくらなんだってヒドスギルよ。だらしのない江分利の一番わるい面がここにあらわれているように思われる。

オーバー。といったって持ってないのだからなんとも言いようがないが、江分利は日本の東京の冬で、オーバーを必要とする日が何日あるだろうか、という点には疑問を持っている。現に彼はオーバー無しで暮しているのだからよく分るのだが、2月の何日間か、まあせいぜい寒い年で1週間ぐらいしかない。（スプリング・コートたあ、ありゃなんだね。一寸《ちょっと》でもアッタカクなんて根性がいやだね。婆さん子じゃないのかね）困ったことが1度だけある。会社の忘年会が終ってゾロゾロと玄関へ立ったら、女中が青い顔をして言ったのだ。「オーバーが1着足りません」。江分利は3年前までは毎年元日に国立競技場へフットボールを見に行ったが、寒いと思ったことはいっぺんもない。

服飾に関していえばザッとこのくらいだが、どうも靴といい、ズボンといい、江分利のナリには、まだ戦後の匂いが匂っている。

これもおいおいよくなるサ。

江分利はバーで酔いが廻ってきて、まわりのこざっぱりした服装の人たちが気になりだすと「いで立つわれの……」と呟《つぶや》くことにしている。

「江分利さん、何よ、モグモグいって？」

「いで立つわれの、サ、おもかげぞこれ、ってんだよ」

「イデタツワレノ……」

「そうさ斎藤茂吉さ、いいかァ、〝梅の花〟とくるんだ〝梅の花咲きみだりたるこの園にいで立つわれのおもかげぞこれ〃ってんだよ、どうだ、いい歌だろう」

†オードブル

オードブルという妙なものが流行《はや》ってきた。バーへ行ってオードブルが出るとゾッとするね。酒の値段は見当がつくが、オードブルはいくらとられるか分らない。だまっててオードブルが出るバーには、だから行かないことにしているが、安手のキャバレーなんかはどこへ行っても同じものが出るから興ざめだ。裏口へ業者が売りにくるのかしら。こいつが出ると興ざめなうえに女給さんが無理に口へ持ってくるのも閉口だね。いま喰《た》べたくないなんて言おうものなら「あらこちら、ご遠慮ばっかり……」とくるからガッカリする。(バカヤロ、誰が遠慮なんかするもんかね)キャビアなんか知らないんだろうという顔をするからなお腹が立つ。ハイボール飲んでて、オードブルがいやだから先手を打ったつもりで何か乾いたものくれ、というと、小魚の乾したのやイカクンや品川巻をオードブルスタイルで妙な葉っぱを敷いてパセリをつけて仰々しい皿に盛ってくる。これで3百円はとられるな。すると、ハイボールをあと2杯しか飲めない。なんてのは辛いなあ。こっちはピーナッツかアーモンドが少しあれば飲めるのに……。

しかし、バーやキャバレーでオードブルが出るのは、まだいい。商売だからね。許せないのは一般家庭婦人のつくるオードブルだ。

酔って、深夜友人宅を訪れたとする。ネグリジェにガウンをはおった夫人が台所でゴソゴソやっている。バカに長い。ねむくなる。白々しい気持になる。だいたい、そんなときは、もう飲めないという状態が多い。ものの勢いで訪れるか、友人の口実をつくってやるための訪問である。夫人があらわれる。ほおら、やっぱりオードブルだ。ゆで玉子を薄く切って並べマヨネーズがかけてある。チーズは花模様に切ってある。フィッシュ・ソーセージが斜めに切ってある。クラッカーにサーディンやらイクラやらが乗っかっている。大皿に、5人前もある。ただでさえ恐縮しているのに、これでは手が出ない。きまずい思いで別れるということになる。

だいたい、ゆで玉子の薄切りなんてうまいかね。チーズを花型に切ったり三角に切ったりしてうまくなると思っているのかね。ソーセージだって、サーディンだって、丸のままの方がずっとうまいんじゃないかしら。こうなるといやがらせとしか思えないね。もし、親切でするんだったら、酔っぱらいにもオーダーを聞いてほしいね。深夜の酔っぱらいってのは案外に腹をへらしてるもんなんだ。オムスビでも、お茶漬でもいい。蜆汁《しじみじる》でもいいし、ベッタラ漬や白菜なんかもいい。

ま、酔っぱらいのことはいいにしても、上役によばれた小さなパーティなんかで、はじめに、オツマミと酒が出て、オードブルとなる。こうなると、次は、スープが出て、魚が出て、肉が出て、デザートといった期待を抱《いだ》くじゃないの。だから、豪華なオードブルでも少し控え目にするわけなんですよ。

ところが、意外にもオードブルのあとは、いきなり湯豆腐がアルマイトの鍋《なべ》でじかに出るなんてのはどういう料見なのかね。そのうえ座が長くなって、あとで缶詰の大和煮《やまとに》なんか出てくるのはワビシイなあ。

オードブルってもんは大変なご馳走《ちそう》で、それだけでいいと思ってるんじゃないかな。だから足りなくなってあわてて家の人の分の湯豆腐が出たりするんじゃないかな。それともオードブルに対する妙な憧《あこが》れみたいなものがあるのかしら。どうも変だな、あんなに手間がかかって飾りつけが大変で、わざわざまずくするような料理が流行《はや》るってことは。

江分利はそのことを夏子に言った。オードブルなんて金輪際《こんりんざい》つくるな。ゆで玉子は丸のままで、チーズは厚切りに、ウインナソーセージはつながったままで、サーディンやカニ缶は缶のままでいい。マヨネーズなんかかけるな。客が来たら、オムスビとオシンコを大皿に盛って出せ、それだけでいい。その季節には何がうまいか、それはどこで売っているか、それだけ知っていればいい、料理なんか知らなくていい、と言った。料理を習うなら、野菜の煮方とお椀《わん》のアタリだけ聞いてこい、と言った。

「そりゃ、その通りだけど……」と夏子は言う。「季節季節のおいしいものっていったって、先生はなかなか教えてくれないのよ。仕入れね、材料の仕入れについて行きたいんだけど、連れてってくれないのよ。それとね、やっぱりオードブルみたいに薄く切って並べた方がやすくつくのよ。缶のまま喰べられるカニ缶なんてとっても高いし、オシンコだって人皿に盛って出せるようなのは、とっても大変なのよ。簡単に、お料理しないで喰べられるものってのは、結局はゼイタクなのね」

†マンハント

会社を出たところで、江分利は手帳を拾った。東西電機の会社の手帳だから、だまってポケットにおさめた。

電車に乗ってからMEMO欄を見ると、柴田ルミ子の手帳だった。柴田ルミ子は25歳、高校卒だから、入社しておよそ7年になる。女子社員としては最古参の部に属する。柴田は明るく頭がよく、男の社員には人気があった。男の社員は重役室以下、それぞれなんとなく女子社員に対するゴヒイキができてしまうものであって、それはつまらないことでも、たとえば映画や野球の招待券を貰って行かれないとなると、自然にゴヒイキに渡してしまうことになる。従って一種のナレアイ感情が生ずるから、欠席の電話をかけるにしても、まずゴヒイキを呼び出すということになる。課長に報告してもらうにしても「江分利さん熱が8度もあるんですって。あの方、平熱が低いから大変ね」というのと「江分利さん、またお休みですって。フツカヨイじゃないかしら」というのでは大きな違いが生ずる。

柴田ルミ子は珍しく、みんなに人気があった。

それがかえって婚期を遅らせる原因になったのかもしれない。


東西電機の独身社員の間では「ビンテージ・イヤー」という言葉がはやっている。ビンテージ・イヤーというのは葡萄酒《ぶどうしゅ》用語であって、葡萄酒のよしあしは、古い新しいに関係なく、その年代の葡萄の出来不出来によるという。女子社員にもそれに似たようなところがあって、美人才媛《さいえん》はある年代にかたまって入社するのだという。

「なにしろ、あの人は59年モノだからね」というういい方をする。

「柴田さんは55年だろう、ビンテージ・イヤーとしちゃわるくないんだけど……」などという。

東西電機では毎年5月に、講習を終った新入女子社員が配属される。東京本社は約15名。ズラッと並んで各課に挨拶に廻るのはちょっとした眺《なが》めである。独身社員にとっては、実質上の見合いといえぬこともない。これが、固さがとれ、急に女らしくなり、眼が輝きだすと、誰それとの婚約発表ということになる。そう思うと、江分利だってジンとくる。ウマクヤレヨと声をかけたくなる。

江分利は電車のなかで柴田ルミ子の手帳をパラパラッとめくってみた。柴田さんならいいや、という気持がどこかにあった。

スペアの白頁《ページ》の最後の所で、江分利は思わず声をあげた。男の名前がキッチリこまかくならんでいた。全部東西電機の独身社員であった。大阪支店、横浜支店の男の名もあった。最近結婚した鹿野宗孝の名は斜線で消してある。名前だけではない。年齢・出身校・資産・係累・特技・趣味が書きこんであり、総合点らしいものが○や△で表わしてあった。「これは1人だけの知恵じゃない」と江分利は思った。なにか情報網があるにちがいない。女子社員の誰かが1人の男と親密にする、そして調べあげた結果を昼休みの喫茶店などで報告してお互いに情報の交換をするのではあるまいか？　そうでなくてはこんなに精《くわ》しく知っているはずがない。江分利は恐ろしいような気がした。女子社員にとって、結婚は第2の就職であり、人生を決定する大事だから慎重になるのは当り前の話なのだが……

マンハントとかボーイハントとかいう言葉が、新しいことのようにいわれるのを江分利は不思議に思う。これは昔からあったごく自然の現象なのではないか？　男がひっかけたとか、モノにしたとかいうのは逆であって、男はいつもひっかけられているのではなかろうか？　アベル・エルマンの「最初に踏みきるのは常に女性である。そして、そうでなくてはならない。なぜなら彼女たちから口を切ってくれないかぎり、彼女たちに対するわれわれの食欲を、彼女たちが最上の讃辞ととるか、それとも最大の侮辱と考えるか、われわれには見当がつかないからである（河盛好蔵氏訳）」という箴言《しんげん》を江分利は正しいと思っている。

東西電機の中堅社員なら、まず安定株と見てよかろう。同じ社の人間なら、かなり見きわめることができる。結婚しても男にヘソクられる心配はない。ベースアップの時の仮払いや、大抵の社員は賞与のときに社長から別に金一封出ることや、家族が病気をしたときの治療費が戻ってくることなども知悉《ちしつ》している。社内結婚が流行するユエンはここにある。2、3年経《た》った女子社員はすでに狙《ねら》いをつけているのではないか？　男は甘いから、狙ったらまずオチルのである。

社内結婚をした矢島に、江分利はそのことをきいてみた。転勤者の送別会の帰りが雨になって、2人で車をフンパツした、その車の中である。

「そうかなあ、そういわれると、そうかも知れないけど……俺《おれ》の場合は、社内結婚ってってもちょっと変ってるんだ。女房は庶務にいたろう、俺、知らなかったんだけど、彼女と俺とは遠縁になっていたんだ、遠縁たって血のつながりもなにもない、ずっとの遠縁なんだけどね。彼女のおっかさんが家へやってきて、その話をしてね、帰りがけに、どうぞよろしくってんだよ。よろしくっていわれたって困っちゃうじゃねえかよネエ……そのうら、見合いみたいなことしたんだよ、変な話だろう、同じ社内の人間が見合いしたんだぜ。俺はそのとき別にどうってことはなかったんだ。もっと派手な女の子もいたし、俺と仲のいい子もいたんだ。それから半年ぐらい経ったかなあ。女房とは口もきかなかったよ、ほんとだぜ。俺は、歌舞伎の切符を貰ったんだけど、どうもコイツは苦手《にがて》でね。女房の奴が、見合いしたとき、歌舞伎が好きだって言ったことをフッと思いだしたんだよ。そいで庶務課へ行ってね、ハイ、これ、やるよ、っていったんだ。すると、その時だ、女房の奴は、有難うともいわずに「あら、1枚？」っていやがったんだ。その時の目つきの色っぽいというか、凄《すご》いっていうか、とにかく凄かったんだ、あのおとなしい女がだぜ。俺はね、俺は「待てよ」と思ったネ。「待てよ、これは……」と思ったんだ。ゾクゾクっときたんだ。嬉《うれ》しいとか何とかじゃない。いわば動物的に身の危険を感じたような、そんなショックだったね。こいつは大変なことになるらしい、大変だ大変だと思ったネ。あとは、まあずるずるべったりさ、歌舞伎へも切符貰って行ったよ、席は離れていたけどね。へんなもんだね、歌舞伎の帰りなんて、女房気取りでね、だまって若松なんか入ってさ、自分はアンミツで俺には雑煮なんかサッサと注文してね、驚くじゃねえか女って奴は。有無をいわせねえ所があるんだな、女には。しかしだ、君のいうように女房が「あら、1枚？（矢島は女の声を出した）」っていったときは、あいつとしては一世一代の演技だったのかもしれないね。賭《かけ》だったんだね。そいつに俺はひっかかったんだよ」

昼休みの屋上で江分利は川村にきいてみた。

「僕と久美子とは〝ゼロ〟（東西電機内の詩の同人誌）の同人だったんだ。久美子は恋愛の詩ばかりつくってね。下手《へた》クソで読めたもんじゃないけどね、とにかく相手が誰かってことがいつも噂《うわさ》の種だったんだ。10号記念の合評会をアラスカでやったんだけど、久美子の番になって、ひょっとそっちを見たら、あいつね、僕の方をピタッとにらんでるんだよ。僕は思わずカアーッときちゃってね。図々《ずうずう》しいもんだね、女なんてのは。まばたきひとつしないんだ。おまけにその詩がよくないよ。「あなたはヤブニラミだ、あなたの眼鏡《めがね》はいつも曇っている、あなたの頭髪は薄い」ばかにしてるじゃないか……」

川村はすけて見える地肌に手をやった。

「そうなんですよ、私もそうじゃないかと思うんですよ」と田沢経理課長補佐がいった。

「私と家内が仲よくなったのは、入社して5年目ぐらいなんですがね、あるとき私、1人で残業してましてね、帰ろうと思ったら、電気がひとつ点《つ》いてまして、家内が泣きそうな顔でソロバンいれてるんですよ。ソロバンならこっちも自信がありますからね、家内ならまだ4、5時間かかろうって所を一緒にやって30分で片づけたんです。ところがですねえ、いまになって考えてみると、どうも家内は、私に気があって、私の気をひくために、しなくていい残業をしていたような気がして仕方がないんです。失礼、ソロバンでこられたのが、私の弱味でしてね、どうも私もひっかけられたクチですかな……」

江分利は総務課の柴田ルミ子を廊下へ呼びだして手帳を返した。ルミ子は、アッと小さく叫んで手帳を受けとり、駈《か》けるように5、6歩行ってから急に立ちどまって、「内緒ネ、おねがい！」と言った。

ちぇっ、バカラシイ、と江分利は思った。（「女」め！）しかし、固い女子社員の固さが急にとれ、急に女らしくなる瞬間に当事者として直面することが、江分利にはもうない、と思うと少し淋《さび》しかった。江分利はだまって歩きだした。

困ってしまう

†病気と江分利

シャランシャランと庄助の部屋で鈴が鳴る。夜中の2時だ。

カランカランでもリンリンでもなく、実際は鈴の音でも鐘の音でもない。シャランシャランと鳴るのだ。

ピースの空缶《あきかん》の内側に不要になった鍵《かぎ》をぶらさげ、屋根に錐《きり》の柄を短く切ってとりつけ、鈴の形にしたもので、夏子の工夫で造ったものだ。それはいつも庄助の枕頭《ちんとう》に置いてあり、シャランシャランが鳴ると、夏子は思いきりよく起きて、庄助に喘息《ぜんそく》の手当をする。最近の庄助は2球式のスプレイによって塩化アドレナリン液を注入している。メジヘライソなら一吹きだが、どうも体質に合わぬらしく、手間のかかる2球式を使用しているが、それでも副作用があり、心悸亢進《しんきこうしん》するので、喘息の発作がおきても、夏子の助けを必要とするかどうかを手製の鈴で合図するわけだ。塩化アドレナリンを連用する

と心臓にわるい、と庄助は信じているので、かなりの所まではガマンしてしまう。発作は季節の変り目に起り、特に秋口がひどく、時間でいえば、部屋の温度が変る午前2時頃が多い。江分利と夏子は、庄助の発作が起ると、暗闇《くらやみ》で目を開いて、シャランシャランの合図を待つ。

庄助は、昭和25年10月29日、東京都港区麻布の江分利の父の家で生れた。江分利は階下で麻雀《マージャン》をしていたが、産湯《うぶゆ》をつかう庄助の唇の新鮮な生《な》ま生ましい朱色に打たれた。それは、口というよりは、何か赤い裂け目のようであった。江分利満は23歳であり、自分の子という実感はなく、特別な生きものを見るようであった。

庄助が8カ月位になったとき、はじめて夏子と3人で銀座へ出てレストラントへはいり、庄助のためにはマカロニ・グラタンをオーダーした。江分利は小さく切って、小皿にとって冷《さ》まし、口へ持っていくと、はじめは妙な顔をしていたが、よほど気に入ったのか、腹が空いていたのか、冷めるのが待ちきれぬように無言で（口がきけないので）小さな口を江分利の方へつきだして催促するようになった。江分利はあやうく涙がこぼれそうだった。「コイツは俺《おれ》をこんなに頼りにしているんだな」ウレシイような、うんざりするような気持で、ケープにつつまれた小さな生きものを江分利は見た。「俺はコイツに喰《く》わせなくちゃいけないんだな、コイツに。雛《ひな》に餌を運ぶ親ドリみたいにナ。俺は、もう自殺を考えたりすることができなくなったんだな」

2歳10カ月のときに、庄助は小児喘息の発作を起した。鎌倉へ泳ぎに行った日の夜、庄助は寝つかずに、窓際《まどぎわ》に歩いていって窓をあけろという。寝かそうと、あおむけにすると苦しがるのだ。夏子がおぶって庭へ出るとグッタリしているが、やや楽になる。深夜にきてくれた近所の小田野医師は「江分利さん、これは小児喘息ですね、ちょっと長くなりますよ」といい注射を射《う》って帰った。以後季節の変り目には激しい発作が、喘息のないときには湿疹《しっしん》が庄助を襲うようになる。水薬やら注射やら、塩化アドレナリンやらお灸《きゅう》やら、初診料3千円というあやしげな民間療法やら、人に「よい」といわれたものはすぐやってみた。庄助も喘息のためにはずい分ガマンした。江分利も工面《くめん》した。病院通いのための自動車賃も遠い所だとバカにならぬ。（何故《なぜ》自動車に乗らねばならぬかは、次に書く）夏子も辛抱した。（夏子の辛抱についても、次に書く）夏子は、深夜、庄助をおぶって庭へ出たり、部屋をグルグル廻ったりすることが多くなった。

「いまねえ、パパがオダさん（小田野医師のこと）を呼びに行きましたからねえ、すぐ来ますよ」

「オダさん、いや」

「オダさん、とってもいい人よ。オダさんて可愛いでしょう。オダさんはねえ、とってもちいちゃいでしょう。（小田野さんゴメンナサイ）だからねえ、オダさんはルノーに乗ってくるのよ。ルノーじゃないと足がとどかないでしょう。オダさんは、大きなカバンを持ってねえ、チョコチョコって入ってくるのよ」

「オダさんは、どうしてちいちゃいの」

「ちいちゃくてもオダさんは偉い人なのよ、注射がうまいのよ」

「注射、いや」

「注射するとね、オダさんが、ちょこって注射すると、すぐお咳《せき》がなおるでしょう」

10歳になっても、喘息はなおらない。これは小児喘息ではなく、立派な大人の喘息ですよ、と折紙をつけた医師もいる。先日も庄助は、縁日で妙な袋を買ってきた。粉末の大蒜《にんにく》である。香具師《やし》が「万病にきく」といって売る例のものである。「でも、ゼンソクにとてもいいって、おじさんが言ったんだ」と庄助は言う。1袋百円のそれを買うには、庄助はよほど「おじさん」に念を押したにちがいない。

庄助の喘息で江分利と夏子は命びろいしたことがある。夜、例によって気圧の変化や煙に敏感な庄助の激しい咳で江分利は目をさました。見ると部屋中が煙である。蚊取《かとり》線香の火がフトンに燃えうつったのだ。フトンが炎を出して燃え、あとで火災保険会社が金をくれたのだから、小火《ぼや》といってもオーバーではないだろう。

夏子の病気について書こう。昭和26年6月19日、庄助が発作を起す前の年であるが、夏子は奇妙な発作を起した。やはり夜中の2時頃で、隣で本を読んでいる江分利に「ねえ、手を握って」と変なことをいう。「ネエ、手を、ニギッテよう」と2度目は怒ったような、ふりしぼったような声になっていた。江分利が本を見たまま、夏子の手を握ると、冷えて固く、ヒキツッタようになっていた。「ねえ、ちょっと足を見てよう、足が動かないの」足も重ねたままで硬直していた。「イキが……苦しいの」夏子は心臓がわく、脚気《かっけ》の気味があり、階段の昇り降りがダルイと言っていた。発作は、手と足の異常にはじまり、次にオナカが痛いと言いだし、心臓がトテモ苦しいという順序だった。脚気は足からはじまって、だんだんうえへあがって心臓にさたらダメになると、江分利は小さいときからバクゼンと信じていた。「ネエ、クルシイ、死んじゃう、死んじゃう……死ぬかもしれない」夏子は、そのままの姿勢で動けず、硬直し、天井をニラミ、顔も痙攣《けいれん》し、言葉も困難になってきた。

「ネエ、死ん、じゃうよう……死ン、ダラ……庄助が、かわいそうだよう、庄助が……」26年6月は心臓病の月ともいうべきなのか、28日には林芙美子が死に、昭憲皇太后が死んだのもその月であったと思う。脈搏《みゃくはく》は数えきれぬほど速くなったり、結滞したりした。顔も硬直して、口がきけなくなった。上をむいたままで、何か言いそうにして言えず、涙が耳へ伝わった。医者が来るまで、江分利は、昭和9年12月発行の『主婦之友』付録「家庭治療宝典」をめくってみた。（夏子の嫁入道具のひとつで、赤い表紙は半分ちぎれていた。コトあるごとに江分利たちはそれをひっぱりだしたものだ）

〃ひきつける病気〃という項目に、そっくりな症状があって、テタニーという病名がついていた。鶏に多い病気だそうで、ヒキツッタ鶏の絵がかいてあり、日頃夏子がなによりも怖《おそ》れる鶏（夏子は毛をむしって吊《つ》るされた鶏がこわくて肉屋の前を通れない）との不思議な暗合に江分利はゾッとした。その日、往診に来た医者は、実際、テタニーだと診断して注射した。

その後、半年間、同様の発作が、週に1度くらい起った。いつもきまって夜中の2時頃で、オダさんを起しにゆくのに江分利がワイシャツを着てネクタイを結ぶのを夏子はもどかしがった。

順天堂の懸田克躬《かつみ》氏はヒステリーではないかと言った。杏雲堂《きょううんどう》神経科の若い医師は心臓神経症だと診断した。東大の坂口博士はていねいに診察したうえで「こりゃキミ、なんでもないよ」と言った。オダさんは、やはり脚気じゃないかと言った。

江分利はその頃から、深酒はいっそうひどくなり、極端に臆病《おくびょう》になった。（江分利の臆病は、決して庄助や夏子の病気のせいばかりではなく、そのことについてはいつかは書かねばならぬ）たとえば、街を歩いていて、映画館のベルが鳴っていたりすると、江分利はそのベルが鳴りやまぬうちに夏子が死ぬのではないかと思われ、あわてて家へ電話したりした。「なんでもなくて」発作を起すことが、むしろ江分利は怖《こわ》かった。夜中に目覚めて、夏子の寝息をうかがってみる。眼のまわりが黒くなって疲れきって寝ている夏子に顔を寄せる。かすかにかすかに呼気が頬をくすぐると、江分利はホッとためいきをつく。

夏子の発作は、何なのか？　向島《むこうじま》育ちの夏子は20年3月10日の空襲で死ぬところだった。こわがってその話をしたがらないが、火の中を逃げ、男たちは隅田《すみだ》川に飛びこんでかえって焼け死んだという。どうやって逃げたか知らないが、翌日は死体の山を見たにちがいない。それと発作とカンケイがあるのか、ないのか？　しかし、夫としての江分利の「頼りなさ」は無関係ではなかったように思う。当時の江分利は大学へもどっていてアルバイトの月収が5千円だった。結婚2年で子供があって学生で、まだ「親がかり」だった。頼りない夫だと思われても仕方がない。臆病でヤケッパチなところもあった。夏子が不安になるのもムリはない。「死んじゃうよう、庄助がかわいそうだよう」と叫ぶのももっともだ。それに江分利の家庭が複雑だった。麻布の父の家は広い洋間のほかに6畳間だけで8間あるという妙な家で、そこに江分利の父母と、江分利夫婦と庄助、弟1人、妹2人、遠縁の老夫妻が同居し、暮しは派手で芸人やプロ野球の選手やらが出入りするくせに、質屋と縁が切れず、近所の魚屋や酒屋にも借金があった。庄助が2歳半になったころ、つまり喘息の発作が起るまえ、しきりに「オヤコサンニン、オヤコサンニン」と澄んだ声で歌うように言うことがあった。夏子のねがいが、そこにあったように思われる。江分利は、ともかく早く独立して、親子3人だけで暮すようにならなければ夏子の病気はなおらないのではないか、と思った。江分利は焦《あせ》っていた。

あれから、ざっと10年たった。どうやってアソコを切りぬけてきたか、江分利もよく憶《おぼ》えていない。夏子の発作は1週1度が、半月に1度、月に1度になり、いまでは、ともかく表面はなんともない。鎮静剤の服用と多少の動悸《どうき》が残っているだけだ。しかし、まだ1人歩きはできない。庄助の病院通いのときは、おそらく必死の思いで自動車に乗ったのだろう。とても電車に乗って乗換えてなんてことはできない。(谷崎潤一郎に「鉄道病」のことを書いた小説がある)庄助の喘息はまだなおらないが、元気にはなった。彼の学校での仇名《あだな》は『OK牧場の決闘』に出てくる〝ドク・ホリデイ〟である。いつも咳をしているし、拳銃を愛するかららしい。小学5年で、はじめて徒競走で2等になった。それまでは、いつもビリだった。「ボク、枠順《わくじゅん》がよかったんだよ。内枠のヤツが病気で休んでね。馬場《ばば》重《おも》でスローペースだろう。大外から一気に抜けだしたんだ」(バカヤロウ! 俺なんか子供の頃、1等にならないと殴《なぐ》られたもんだぜ。しかし、もう家へ帰って競馬の話をするのは止《よ》そうな)江分利は珍しく、夏子に日本酒の2合瓶《びん》を買いにやらせて燗《かん》をつけた。三遊亭円生《えんしょう》さんみたいに「テッ、しかし、ま、ナンダナ、ありがてえヤナ」と言ってヒタイをポンと叩《たた》きたいような気持だった。

†ブキッチョ

それにしても、庄助にしろ夏子にしろ、どうして俺の持物は不恰好《ぶかっこう》なんだろう、と思うことはある。それにひきかえ、この俺は……と思うのだが、江分利についても書かねば片手落ちになる。江分利のは病気ではない。病気ではないので、よけいに始末がわるい。江分利みたいな不器用な人間がいるだろうか。彼の不器用は、病気みたいなものである。

終戦の年の7月、江分利2等兵は、岡山県の山中で散開して伏射の姿勢をとっていた。カンカン照りが鉄帽に熱い。土の匂いがムッとくる。雑草の太い根元の所が熱くなっていて匂う。江分利は目標前方の松の木に狙《ねら》いをつけていた。一生懸命である。松本上等兵がタタッと駈《か》けてきて江分利の前で止った。不思議そうに江分利の顔をのぞきこむ。江分利は、ちぇっばれたか、と思う。とうとう気がついたか、シャアナイヤナイカ。松本上等兵はクスッと笑って、「おい、江分利よ、初年兵さんよ、おめは片目がつぶれねえのかよ」江分利は答えない。「なんとか言わねえかよ」江分利は目の前の蟻《あり》の動きを追った。「ク、ラアー（コラ！）」ときた。笑いからすぐ激怒に変る軍隊演技というものがある。

「キ、貴様、それでも狙撃兵《そげきへい》か！」しょうがないじゃないの、ソンナコト言ったって。松本の軍靴《ぐんか》が江分利の頭に迫った。擬装網に夏草をさした江分利の小意気な鉄帽が3メートル飛んで石に当る。ええと『外人部隊』のピエール・リシャール・ウイルムはすてきだったね。兵隊ももっとスマートにいかねえもんかな。僕のマリー・ベルはどこへ行ったの。おっかさん！　ロゼエのおっかさん！

　江分利の部隊では演習のときはワラジをはく。この草鞋《わらじ》だって江分利が編んだんだ。だいたい江分利に草鞋を編ませるってのは、言うほうがムリじゃないのかね。片っ方は仁王様のワラジみたいに大きくなっちゃってカカトの方へ3寸も折れ曲っているし、もう一方は七五三の木履《ぽっくり》をつっかけたみたいに短い。銃剣だってそうだよ、配給してくれるのはいいけど抜身のままで、サヤがないんだからね。竹を薄く切って、合せて、縛って、サヤ造れったって、江分利がやると、ブカブカになって脱げちゃうか、固すぎて抜けないかどっちかになるにきまってるじゃないか。捧《ささ》げ銃《つつ》のときなんか、困ってしまう。

　江分利は、中学の教練検定が不合格である。当時検定不合格は級に2、3人で長期欠席者か虚弱者に限られていた。江分利のように、無欠席でマジメにつとめて不合格というのは珍しいのである。教練というのは一種の演技だから、江分利に演技力がないということになる。そういえば、よく1人だけ残されて徒歩をやらされた。江分利には軍隊式に「歩く」というのが、うまくできないのである。自分ではちゃんとやってるつもりでも、ヨソメには不恰好なんだろう。左足をあげ、右手をふり、足が地につくとき地面に垂直になるというのだが、言われると足がこわばってしまってうまくゆかぬ。左足と左手が一緒に出たりする。もっともそれだけじゃなく、銃の分解掃除で、分解はしたけれど、あと組み立てられなくて叱《しか》られたこともあったが。

江分利は小学・中学を通じて跳び箱と蹴上《けあが》りが遂にできなかった。できなかった生徒は何人かいたが、身体の弱い者に限られていた。江分利の場合はそうではない。江分利はむしろスポーツマンである。懸垂は、いまでも30回できる。百メートルは13秒台で走る。手榴弾《しゅりゅうだん》投げは52メートルの記録をもっている。(沢村栄治投手は80メートル投げたという伝説があるが、素人《しろうと》の52メートルは大記録ではないか)体力章検定は「マラソンで失格したが」重量挙げを含めて全部上級だった。体操の採点の基準になる跳び箱と鉄棒の蹴上りだけがどうしてもできないのである。教師も不思議がって何度もやらせたが、どうしてもできなかった。勇気がないわけではない。不真面目《ふまじめ》でもない。つまり、不器用なのだ。

数字にヨワイ。よく「ボクは数学がニガテでね」なんて自慢そうに言うが、そんな奴は江分利の前に恥ずるがよい。江分利は百までの勘定ができないのだ。60までは、なんとかいく。70代になって、76・77・78・79となると頭がカッとなる。87・88・89となるとワケがわからなくなってしまう。

口笛が吹けない。ま、こりゃいるだろうけど、彼は、いまだに花結びができないのだ。風呂敷でも靴の紐《ひも》でも帯でも、どうやっても羽織の紐みたいに「オッタチムスビ」になってしまう。

音痴である。これもヒドイもんだよ。嘘《うそ》だと思ったら、彼に「菫《すみれ》の花咲く頃」を歌わせてごらんなさい。音痴なんてなんでもない、と思うのは、おそらく軍隊と会社勤めを知らない人だろう。軍隊では週に1度演芸会があり、会社では宴会がある。「ええ、それでは、ここらで江分利さんに、十八番の菫の花咲く頃を……（拍手）」死にたいよ、俺は。なにが十八番の、かね。

青と緑をとり違える。鎌倉時代と室町時代のどっちが先かいまだに分らない。松屋と松坂屋とどっちが新橋寄りか、何度きいても憶《おぼ》えられない。山陰と北陸を間違える。富山と島根が隣合わせだと思ってるのだから始末がわるい。「それじゃ困るでしょう？」と言われる。とても困ります。

江分利は東西電機の宣伝部員であるが、生れて、まだ写真というものを撮《と》ったことがない。（ピントをあわせてもらってシャッターを押したことはあるが）何度さいてもテープ・レコーダーの操作がわからない。リコピーの仕方ができない。いつも女子社員に頼む。だから、気をつかって、お茶奢《おご》ってるんだヨ。

これで会社勤めができるのかね。語学ができぬ。ソロバンができぬ、タイプができぬ、カメラができぬ、これで東西電機の宣伝部なんて派手な商売が勤まるかね。もちろん勤まりはしないのだ。勤まらないけど「勤めている」のだ。仕方がないじゃないか。江分利が勤められるのは組合制度のおかげだとシミジミ思う。

江分利は、しかしなんとかやってゆかねばならないのだ。匹夫《ひっぷ》といえども、匹夫の勇をふるわねばならぬ。江分利が計算をしている所を見てごらんよ。哀レダヨ。まずAとBと足したものを紙に書く。次にCとDを足したものを書く。EプラスFを書く。GプラスHを書く。AとBの合計にCとDの合計を加えて紙に書く。EとFの合計にGとHの合計を加えて紙に書く。残った数字を加える。これで検算すると、たいがい間違ってるんだからヤンナッチャウね。


江分利は困ってしまう、のだ。ほんとに困ってしまう。

もし江分利が、発作の夏子と喘息の庄助を抱《かか》えて、もしも、この世をなんとか過したとすれば、こりゃ大変なことじゃないか。壮挙じゃないか。才能のある人間が生きるのはなんでもないことなんだよ。宮本武蔵なんて、ちっとも偉くないよ、アイツは強かったんだから。ほんとに「えらい」のは一生懸命生きている奴だよ、江分利みたいなヤツだよ。匹夫・匹婦・豚児だよ。(筆者は祈る、江分利満の人生のミザリーならざらんことを、アンハッピイならざらんことを!)

†快男児

どこの会社にも快男児がいる。快男児的存在がある。東西電機における快男児は業務課の佐藤勝利だ。佐藤は江分利と同じ社宅群の、前列向って左端に住んでいる。

佐藤のどこが快男児的であるかといえば、たとえば佐藤は江分利たちのつくる宣伝物に誤植があれば必ず発見してしまう。宣伝物は業務課を通って出稿し、責了となった校正刷も業務課を通るから、江分利たちは、ずい分助けられたわけだ。致命的な値段表・商品名のミスを発見してもらったことさえある。

「江分利さん、えらいすんまへんが、これ、今度3千5百円になったのとちがいまっか?」佐藤はむしろ恥ずかしそうにいう。「念のためにうかがいますが、この文案の、ここん所、完璧《かんぺき》の壁は壁やのうて、下が玉になってるのとちがいまっか? 当用漢字では壁でよろしいのでっか?」などというので、おそれいってしまう。

佐藤は特に外国語や国語に堪能《たんのう》というわけではない。熱心なのだ。責任感が旺盛《おうせい》なのだ。ちょっとでも疑問があれば辞書をひく、百科事典を見る、社史を見る、分っていても定価表にいちいち当ってみる。校正者としての正しい態度をくずさない。

校正は佐藤の仕事の一部にすぎない。佐藤の快男児たるユエンは、人のいやがる仕事をすすんでひきうける、ひきうけずにいられない気性にある。会議で、たとえば得意先を招待するパーティの荷物運びなどの担当者がきまらないで司会者が渋い顔をすると

「ホナラ、わたし、やらせてもらいまっさ」

というのはいつも佐藤である。

朝は、いちばん早く来る。来客には必ず会う。社内をこまめに動く。事務処理は正確で速い。読みやすい字を書く。すばやく受話器をとる。消費者からの問いあわせには、ていねいに応対する。ハガキを書く。雑用をいとわない。後輩のめんどうをみる。大学の経済学部を出ているのに、夜学に通って法律を勉強したりする。そのくせ、同僚とはトコトンつきあう。飲めばゼッタイ他人には払わせない。暴力的にでも払わせない。福

画につきあう。

岡や札幌から出張員がくると、自宅へ呼んで歓待する。女の社員が東京見物にくると映

日曜日は夫人と子供を連れてピクニックに行く。買物のお供をする。こざっぱりしたスポーツシャツを着てカメラを肩にかけ、弁当を持ち、まだガウンを着て庭にいる江分利に「今日はマリンタワーですねん」と声をかけニヤッと笑う。帰りは土産《みやげ》を忘れない。「江分利さん、えらいツマランもんでんが……うちのチビンチャクがびいびいびいびい泣きよってからに、往復おんぶですわ」さすがに疲れているようだ。

佐藤が怒ったのを見たことがない。いかなる事態にも笑っている。グチをこぼさない。佐藤は東西電機宣伝部野球チームの捕手である。これは佐藤の野球がうまいからではない。みんなのいやがるポストをひきうけただけだ。ツキユビがたえない。監督の江分利がいくら注意しても1塁へヘッドスライディングする。「そら分ってまんのやけど、あっこへ行くと、自然にすべりとうなってきまんのや」

佐藤の趣味はギターと登山である。佐藤にも鬱積《うっせき》するものがあるに違いない、と江分利は思う。たった1人の山頂で佐藤がどんな顔をしているか、江分利には分るような気がする。山頂で佐藤は「こん畜生！」と叫ぶのではあるまいか！　山から帰った佐藤の晴ればれしい顔で、それが分る。

佐藤の特技は、宴会場での裸踊りだ。お盆で前をかくすような下品なソレではない。「私のラバさん」を歌いつつ、フラダンスを踊る。しかし、どうも佐藤の裸踊りは、好きでやっている、とは思えない。サービス精神の権化みたいなものだ。宴会で座が白けてきたりするのが佐藤には耐えられないのだ。宴会ではどうしたって、ナカダルミが一度は来る。ヒョイとみると佐藤がいない。あっ、と思ったときには、半裸になった佐藤が座の中央に思いつめたような顔で飛び出しているという具合だ。

去年の秋の恒例の社員旅行に江分利は風邪《かぜ》をひいて、行けなかった。

朝、江分利は社宅の門口でみんなを送ったが、ふと、思いついて佐藤を呼んだ。

「なあ、今度は、アレをやるなよ」

江分利には佐藤のサービス精神が分っているだけに、痛々しく思えるのだ。

「分ってますよ、わたしももう歳《とし》ですねん、あんなアホラシイこと、ようでけまっかいな。今年はゼッタイにやりません」

佐藤は元気に手を振って出ていった。

皆が帰ってきた日の夜遅く、佐藤夫人が土産の山葵漬《わさびづけ》を持ってきた。

その翌日、早起きした江分利は佐藤と電車が一緒になった。佐藤は珍しく不機嫌《ふきげん》だった。

「伊東、どやった?」

「まあま、ですねん」

江分利は反射的に、コイツまたやったな、と思った。

「やったんだろう?」

「やりゃしませんよ」

「嘘《うそ》つけ!」

「でけまっかいな、アホなこと」


江分利は会社で柴田ルミ子にきいてみる。

「それがね、今年は社長も常務さんも、営業部長さんもいらっしゃらないでしょう。ツマラナイノ。それと、松野さんも岸田さんも江分利さんもお休みでしたでしょう。静かでご清潔で……」

松野、岸田、江分利は東西電機酒乱3傑である。

「佐藤、どうだった?」

「佐藤さん?」

「あいつ、やったろう」

柴田ルミ子はしばらくキョトンとしていたが、急に真っ赤になって顔をかくして逃げだした。

江分利にはよく分るのだ。そのときの情況が。社長も常務も営業部長も、酒乱ぎみの3人もいない宴会場がどんなものか。2百人近い大広間が、妙に静かすぎる。歌がでない。歌いたいが音頭とりがいない。せっかく「オヒャクドコイさん」や「人生劇場」や「マッカッカのカゴメ」を憶えてきたのに、キッカケがない。そろそろ、コースが終りかける。

若い奴等はピンポン場やダンスホールへ立ちかける。これじゃ盛りあがりがなくて今年が終っちゃうじゃないか。ざわざわとくる。ナンダコレダケカという表情もある。ちょうどその時だ、佐藤が決心を固めるのは。ちょうどその時だ、快男児佐藤勝利が両肌《もろはだ》脱いで立ちあがり、必死の形相で中央に進みでるのは。

おふくろのうた

†何だか変だョ

昭和34年12月31日（つまり大晦日《おおみそか》であるが）に江分利の母が死んだ。朝の7時15分である。

その時、江分利と庄助と母の3人は掘炬燵《ほりごたつ》にいた。夏子はまだ寝ていた。（夏子のために弁明するならば、江分利は怠《なま》け者《もの》の通例として、どうも休日となると身心ともにピンとなって早起きしてしまう。これに反して夏子は、前日まで正月の支度に追われそれが殆《ほとん》ど片づいて、その日は昼から3人で映画でも観《み》にいこうかと言っていた。だから、疲れていたのだ、ということにしておこう）

新聞を読んでいる江分利の対面《トイメン》に、庄助をヒザにのせた母がいた。それが、いつの間にか、庄助が江分利と母の間にきていた。（あとでわかったことだが、母は庄助を抱いているうちに苦しくなり、庄助に隣に行くように言ったという。その時、母は庄助に

あとまで江分利を苦しめることとなる。どうも江分利にはひとの話をうわの空で聞く性癖がある。特に新聞を読んでいるときに甚《はなは》だしい。江分利は母の最後のササヤキを、最後の訴えを聞きもらしてしまったのだ）「あッ」と叫んで、母はのけぞり、壁に音立てて頭をぶつけ、そのまま横にずれてガスストーブと壁面の間に顔を突っこんだ形で止った。江分利は立ちあがって「動かしちゃいけないぞ」と庄助に言ってから、ストーブを消した。

父が来る、夏子が来る。駄目だということは皆にすぐ分ったが、父は母の手をとって「いや、まだ脈がある。……俺《おれ》には、脈があるとしか思われないんだがなあ、ホラ……まだあったかいし……」父は母の身体《からだ》をゆさぶったりしたが、江分利は文句を言わないことにした。（しかし、このケースを夏子と江分利におきかえたとき、はたして江分利にこのような演技が可能だろうか。江分利は皆に冷たい男だと言われる。実際、その日の午後悔みにきた東西電機の赤羽常務に、父は江分利は冷血動物のような男ですから、と言ったという）

江分利が医師のオダさんを呼びにゆく。夏子が八方に電話する。近くに住んでいる江分利の弟夫妻がきて、泣く。オダさんが来たのは、倒れて15分後ぐらい、7時30分頃だったと思う。彼は脈をとり、母の瞳《ひとみ》をみてから、江分利に向って小さく顔を振った。それでも念のためにと言って母の胸に強心剤のようなものを射《う》ち、さらに、もう1人の江分利家の遠縁に当る医師を呼ぶように指示した。このように、医師が死に間にあわなかった時は、一種の変死で、警察医の解剖が必要なのだが、大晦日のことでもあり、それじゃあお困りでしょうから、と言って江分利に状況をくわしく聞く。直接の死因は脳溢《のういっ》血《けつ》なのか心臓麻痺《まひ》なのか、はっきりしないが、そこは適当に処理してよろしいか、と言う。オダさんのテキパキした処置は、いっそ気持がいい。(しかしもし心臓麻痺だとするならば、母が「何だか変だョ」と言ったときに、江分利に何かの処置ができたかもしれない。また脳溢血だとするならば、母は壁に頭をぶつけた瞬間に血管を切ったのかもしれぬ。すると、もし「何だか変だョ」という母の言葉を江分利が把《とら》えていて、身体をささえていたとすれば、母は助かったかもしれぬ。そのことが今でも江分利を苦しめる。悔みの客に江分利は何百回となく状況を説明したが、「何だか変だョ」と言ったらしいということを遂に言わなかった。そのことが江分利を苦しめる)

　このようにして江分利の母は死んだのである。江分利はよく母と花札をひいて、役ができたりすると「あッと言ったがこの世の別れサ」などと冗談をいったものである。すると母は「そうだねえ、あたしもそんなふうに死にたいねえ」とこたえる。「当り前よ、ヨイヨイになって生きていられちゃかなわねえからな。死ぬならあっさり死んでくれよ、ホラ、これで50文貸しだ」「ヒドイこと言うねえ、親に向って。いいわよ払うから、さ」

厚ぼったい胸から吉《よし》の家《や》の財布をとりだすのである。

江分利は金を借りに車を飛ばす。大晦日だというのに嚢中《のうちゅう》2千円、これでは困るのだ。この時の江分利家の状況をうまく説明するのは困難だ。1千万を越す大口の借金から、5百万、3百万という父の事業上の借金から、百万、50万という生活費をふくんだ高利貸からの借金、料亭・洋服屋・呉服屋・ガソリンスタンドなどの決して少額ではない借金。医者・歯医者・米屋・酒屋・炭屋・魚屋などのコマゴマした借金などがあり、母のことがなければ、父は当然逃げだすはずであった。(夏子が、この日、午後になって映画でも観に行こうと言っていたのは、毎年、借金取の言い訳の矢面《やおもて》に立たされるのにアキアキしていたせいもある) その夜、父は江分利にむかって「お前のお母さんはいい時に死んでくれたよ。忌中の札を見たらみんな黙って帰りやがった」と言って、そのことでも江分利はずいぶん腹を立てたものだ。そんなこと言ったら世間様ってものに申し訳ないじゃねえか。経済状況以外にも複雑な事情があるが、ま、それはそれとして、江分利は金を借りねばならぬ。

東西電機の同僚で江分利と親しく、しかも金を持っていそうなヤツは柳原しかいなかった。(アイツは昔、銀行に勤めていたっていうからな) 江分利は柳原の家は何度か訪ねたことがあるのに、よほど顚倒《てんとう》していたのかすぐそばまで来ているのに家が分らず、

2度も電話でたしかめて、探しあてるのに30分もかかった。柳原は玄関を掃除していてすぐ奥へ入って、笑いながら、通帳と印鑑をわたしてくれた。この時、なぜ柳原が笑っていたかというと、出がけに電話で母の死を言ったつもりなのに、そして会ってすぐ「突然でねえ、血圧だ、日も悪いし」ぐらい言ったつもりなのに、柳原は新年に出社してはじめて事情を知ったという。（どうもこれは江分利の負けらしく、江分利は蒼《あお》い顔をして金を貸せとだけ言ったという。柳原は、また江分利の父が穴をあけて、切端《せっぱ》つまって大晦日に金を借りにきたのだと思ったという。当時、いや現在でも江分利の父のためにダマッテ金を貸してくれるのは柳原ぐらいのものだろう。そのことだけでも江分利は負目《おいめ》を負ってしまった。笑いながら通帳ごと渡すなんざ、クイじゃないの）柳原の銀行は東西電機と同じビルの中にあった。大晦日は午前中で終る。急がねばならぬ。そこで休日出勤していた佐藤に会い事情を話す。赤羽常務が悔みにきたのは佐藤の連絡による。（アイツはすばやいねえ）

江分利は帰って現金を夏子に渡し、死亡診断書をもらいにオダさんの家に行く。ここで江分利はとりかえしのつかない失策を演じて、後に彼自身死んでしまおうかと思った位の大事件が発生する端緒をつくってしまったのである。

†この家の話わからず

告別式は1月4日に行われた。3日まで火葬場が休みだったためである。連日通夜のようなもので、母の死体から水だか脂《あぶら》だかがしみでて、拝借した観音像の掛軸を汚《よご》してしまった。(この表装修理費が4千円だったかな)

葬儀自動車の前で、叔父が美文の挨拶文を読んだ。すると途中で、大きな拍手が鳴ったのである。江分利家の2階の窓から乗りだした父である。父は「俺は再婚するつもりだから桐ヶ谷《きりがや》へは行かない」といっていた。(こんな慣習があるらしい)そしてそこから姿が見えなくなったかと思うと、表へ飛びだしてきて、戦前から親しかった待合の女将に接吻したのである。みんなの見ている前で。

恥ずかしいことは、それだけではない。元日、2日、3日と父は朝早く、ベレー帽などかぶって出かけてしまうのである。夜おそく酔って帰ってきて、親類や近所の人のいる前で「ヘヘッ、負けちゃった」と言って馬券だか車券だかを撒《ま》きちらすのである。それも夥《おびただ》しい数である。江分利は思わず「う」と息がつまる。恥で身体がふるえるのである。(どうしたらいいのかね、こういう時、父を縛って精神病院へ連れていけばいいのかネ。でも、江分利も夏子も忙しいんだよ)弟の義父で葬儀の実務をとりしきってくれた平山は「お父さんはねえ、ショックでまいっているんですよ」と江分利をなぐさめる。

しかしそりゃ嘘《うそ》だ。父にはもう自分のことしか考えられなくなっているのだ。そして同情さるべき立場に甘えているだけだ。こんな奴は人間じゃない。母の死ぬ1月前くらいから、父の所へ来る中年の男がいた。父は昔勤めていた鉄工所の同僚だといっていた。そして工作機械を安く倉庫からひきだしてくれるので（こんなバカな話があるかね）それを父の知りあいに売って1台で5万とか10万とかもうかるのだという。この男がどうも厩舎《きゅうしゃ》関係の人間だったらしい。実際、ごくマレには儲《もう》かることもあるらしく、父は現金を母に見せてだましていたらしい。母は死の数日前だまされて（あるいはだまされるフリをして）やっとこれで父の「事業」も上向いてきたらしいと喜んだという。父はそれを江分利に自慢そうにいう。「俺は悪いことをしてきたけど、お母さんは、喜んでたよ、せめてもの仏への功徳じゃないか」どうですか、こんな人間が許されていいのかね。なにが、仏か！　ナニが功徳だっていうんだよ！　冒瀆《ぼうとく》じゃないかね、これは。弔問客に父は「仏を殺したのは私です。アレは私には過ぎた奴でした」という。だまされちゃいけないよ。父の弁舌ときたらたいしたもんなんだ。特に借金の時なんか、まさに天稟《てんぴん》の冴《さ》えを示す。誰でもコロッといかれてしまうんだ。

恥ずかしいことはまだある。江分利には腹ちがいの兄がいて、何度も仲違《なかたが》いして家を出たり入ったりしていたが、それがやってきた（当り前だが）のだ。腹ちがいの兄がいることは、ちょっとも恥ずかしくない。仲違いは、江分利の母と兄、父と兄との間のことであって、江分利はむしろ心情としてはこの兄を愛しているくらいだ。しかし、困ってしまうことだってある。この兄を知らない弔問客だってある。咄嗟《とっさ》に何といって紹介するか。序列ナいかに？

遺骨は誰が持つか。位牌《いはい》は？　香奠《こうでん》の結着はどうつける。形身分けは？　そのたびに兄はオドオドして江分利を見る。江分利は、「お前さん、長男じゃないか、おやんなさいよ」という顔をしてやる。桐ヶ谷では、兄が遺骨を持ち、弟が位牌を持ち、江分利は庄助の手をひいて後の方についた。なあ、おっかさん、これでいいじゃないか、な、そうだろ、これでいいんだろ。

江分利は柳原に借りた金でまず何をしたかというと、オダさんの借金を払ったのである。自分の身体のことぐらいキレイにしてやらなければ、母がかわいそうではないか。次に歯医者の借金を払う。これで母は自分の歯で死ぬのである。夏子と弟の知恵で質屋へ走る。時は、大晦日である。当時江分利家の箪笥《たんす》はカラッポだった。カラッポでは形身分けができない。といって、うけだすだけの金がない。質屋へ行って、必ず正月の7日までに全額払うから、利息は年内までとし、ともかく質草を運んでもらう。こういうことになると、永年の貧乏暮しのおかげで、江分利兄弟の知恵は縦横に働く。質屋へは香奠から支払う。香奠の総額は50万を越えたかと思う。諸支払いをすませて残りの10万円を養老院に寄附して養老院の挨拶状を香奠返しとする。(このため親類の一部と東西電機の同僚から江分利は香奠泥棒呼ばわりされることとなる。許してくれよ、おっかさん、俺の恥はおまはんの恥だけど、仕方がねえよなあ、おまはんがあんな時に死んだもんだから、連日通夜《つや》みてえでよ、葬儀屋の支払いだって、割増がついたのよ、いいたかねえが)

一番働いてくれたのは、弟の義父の平山と母が可愛がっていた鳶職《とびしょく》の三好三郎(通称サブ)である。「父があんな調子ですから」と江分利はなんでも平山に相談した。こういうときに、平山とサブに謝礼をすべきものかどうか江分利はわからないが、とにかくサブは手下の日当だけを受けとって自分の分はうけとらない。通夜には財界芸界の偉い人たちも来たが、部屋わけをして、あの部屋は1級酒でいいですよなどと教えてくれたのもサブだった。江分利は平山とサブと3人で、落ちついたら温泉へでも行こうなどと言ったが、これもまだ果さない。

夏子の働きについても特筆せねばならぬ。江分利はオロオロしていただけだ。死んだ人間が悲しかったのではない。これは仕方がない。しかし置かれた情況がわるすぎた。そういうなかで、夏子はほとんど寝ないでよく働いた。遺体の始末もした。江分利にはとてもできない。疲れて例の発作が起るのではないかと危ぶまれたが、気丈で通した。有難いことではないか。

もうひとつ有難かったのは、菩提寺が江分利家の遠縁に当っていたことだった。江分利は経料でも塔婆《とうば》料でも「おい、いくらだ」と冗談みたいにきくことができた。住職はホトトギスの俳人で、本通夜ではサントリーの角瓶《かくびん》を完全に1本あけた。それが江分利には嬉《うれ》しかった。住職は酔って神妙な顔で「毒舌の仏なりしよ梅はまだ」と色紙に書き、仏前にそなえる。江分利と夏子がヒソヒソ話をする。江分利が弟と打合せをする。主に父と兄のことだった。住職がまた筆をとる。「この家の話わからずガスストーブ」そうなんだよ。簡単にはわからないんだよ。

江分利がはじめて泣いたのは、告別式の翌日、1月5日の夜である。その日の朝、母の遺書が発見された。要約すると「わがままな父を残して死ぬのが申しわけない。それだけが心残りだ。江分利と夏子と庄助に関しては、ちっとも心配していない。弟夫妻、上の妹夫妻、下の妹夫妻についても心配していない。仲よくやってほしい。兄については少し心配である。私にも少し責任があるが、うまくやってくれるように祈っている。兄の妻には一番いい真珠のネックレス（質草になっていたが）をやってほしい。あの人は洋服を着るのがうまいからきっと似合うと思う」ということで、その他、通夜の食事は寿司政のノリタマ（海苔《のり》巻と玉子焼き）にしてくれとか、葬儀社はどこで、5段式の並でいいとか、こまごまと指定してあった。

その時、江分利は母の倒れた掘炬燵《ほりごたつ》でお茶漬を食べていた。兄が「玄関の蛍光灯《けいこうとう》が暗すぎるので、取りかえたら」と言ったかと思う。これで江分利はグッときた。むろん兄としては善意である。しかし江分利は、畜生、ひとの家の経済なんか知りもしないで、もう、この家は玄関なんか暗くたっていいんだ、と思う。親切はもうゴメンだよ、と思う。ついで、兄が「いいオフクロさんだったよ、なあ」と言った。江分利の怒りと悲しみが爆発した。「バカヤロ！　貴様なんか黙ってろ！」あとは何を言ったか憶《おぼ》えてない。言葉にならなかったのかもしれない。歯が、ガチガチと茶碗《ちゃわん》に当る。それでも休まずお茶漬を食べる。（ナニシロ腹がへっていたからね）涙があふれてくる。あふれてお茶漬のなかにはいる。それでもかまわずに食べる。鼻水が出る。これは紙で拭《ふ》く。また食べる。大粒の涙が落ちる。頬を伝って茶碗に入る。母の死んだことはちっとも悲しくない。母が遺書を書いた心情がかなしいのだ。その時、いやもう少し前から、母は父に絶望していたのだろう。そう思いきった時の母がかわいそうなのだ。人生の負けを覚悟した時の母があわれなのだ。江分利はわあわあ泣く。茶碗をはなさない。夏子が「止《や》めなさいよ」と言う。家族総立ちになる。茶碗を置いて、涙を拭《ぬぐ》う。また食べる。お代りをする。目の前がかすんでくる。桃屋の花ラッキョウはどこへ行った。千枚漬はもうないのか。荒れ果てた家だ。家の中を風が吹く。江分利家のおしまいだ。「嵐ヶ丘」だ。江分利は33歳だ。重たいものが肩にかかってくる。夏子と庄助はなんとかなる。そうだ、庄助、そんなとこに突っ立ってないで早く寝ろ。この父をどうする。この借金をどうする。事業上の借金は俺は知らねえよ。しかし、コマゴマしたものをどうする。集めれば、なまやさしい額ではない。とても払えない。兄弟で分割したって払えない。皆様の好意と迷惑をどう背負ったらいいのだ。オフクロはそれを気にしいしい死んだんだ。オフクロは江分利と夏子と庄助と4人で小さい家を借りて、ヒッソリ暮したいと言っていた。小さく貧乏したいと言っていた。そいつがもうできないじゃないか。江分利は心臓がおかしくなり、茶碗を噛《か》んで前に倒れた。

†南部の人

江分利の身体が変調を来すようになる。30過ぎたらどっかおかしくなるよ、と松野販売促進課長が言っていたのを思い出す。貧血をおこす、食欲がない、無気力になる。ナニもする気が起らぬ。夏子のノイローゼと庄助の喘息《ぜんそく》とあわせて、これでは狂言の『三人片輪』ではないか。

まいっている江分利に追い討ちかけるような事件が起る。

2月に入って間もないころ、市川市に住む山内教授から手紙が来た。山内教授は江分利の恩師であり、というよりは恩人であり、夏子との仲人《なこうど》であった。そういえば、山内教授からいままで挨拶がなかったのを江分利は不思議に思っていたのだ。

文面によると、君も知ってるだろうが、1月10日ごろ、君のお父さんが来て、葬儀の費用など計算したところ、30万円の赤字が出た。親族会議を開いて検討した結果、山内先生にお願いをしてみよう、ということになった。しかし、実は仏は百万円の生命保険に入っているので、それが近日中にとれるので、一時お立替えをねがうだけで、決してご迷惑をかけるようなことはない。江分利がうかがうべきなのだが母の死以来ショックを受けて口もきけぬ有様なので、親族を代表して私がやってきたのです、と言ったという。そしてさらに、そう急ぐことはないが、納税期も迫っているのでできたら早く返してほしいと書いてあった。


江分利はうなった。実に巧妙な手口ではないか。そういえば、夏子が、その頃父が札束を持っているのを見て、ヘンだと思ったことがあるという。

このアイディアを父が思いついたのは、江分利と無関係ではない。母が死んだ12月31日、江分利は死亡診断書を持って区役所へ行き埋葬許可証を貰おうとしたが、死因が高血圧では、許可がおりぬという。そこで再び、オダさんにひきかえして、母はかねがね血圧が高く（実際その通りなのだが）一度倒れたことがあり、再発して倒れ、心臓麻痺（医学用語では何というか知らぬが）も起して死んだということにしてもらって、やっと埋葬許可証を受けたのである。

このため、母の生命保険（弟が掛けていて、弟は母に小遣《こづか》いをやるようなつもりで掛けていて、無審査だった。だから、その時全額もらっても10万円に満たない少額だった）がとれないようになった。高血圧と知っていて加入したのは詐欺行為だと保険会社は言う。そのことで弟は、江分利と相談したり、保険会社や医者にかけあったりしていたのを、父が嗅《か》ぎつけたらしい。そして、この巧妙な詐欺を思いついたのだ。そして、金は競輪だか競馬だか女だかのために、1日か2日で費消してしまったのだ。

江分利はほんとに死にたくなった。山内教授はアメリカ社会学専攻でオピニオン・リーダーともいうべき地位を占めており、江分利の仕事である広告業界の団体の役員も兼ねていた。山内教授が江分利に万一悪意を抱《いだ》くようなことがあれば、江分利の将来などひとたまりもない。江分利は世の中が真っ暗になったように感じた。ともかく、この金だけはなんとしても江分利の手で返済しなければならぬ。江分利の名前を利用した借金なのだから。（山内教授は結局、ボーナス払い年2回、2万円ずつ返済という寛大な処置で江分利を許してくれた。「実は、つい先日もお父さんが見えてね、この間の30万円は君の計算違いで、あと20万円足りないっておっしゃるんだよ。ここで私、はじめてこりゃおかしいなと思って、お帰りをねがったんだ。それから君に手紙を書いたわけなんだが、社会学なんかやってる人間がやられるなんて……」教授は豪快に笑うのだが、江

分利はかしこまるばかりだ）

『南部の人』という映画がある。ジャン・ルノアールの監督で、優秀映画ベスト10の最下位に入っていたと思うので、ご記憶にある方もあるかもしれない。アメリカ北部で事業に失敗した家族が南部へ流れてゆく。買った家は売手の話と違って、みるかげもないボロ家である。しかし、ともかくここで暮さなければならない。とりあえず暖炉に火を焚《た》く。真っ暗ななかにそこだけ明るい。失意の家族、父・母・子がそこへ集まってくる。無言である。無言でみんな手を暖める。手をさしだす。人さな手、汚れた手、白い手、小さな手。手のクローズアップ。薪《まき》の燃える音。このファースト・シーンだけで江分利は泣いてしまったことがある。これが江分利のウイーク・ポイントなのだ。家族というものに江分利は、弱いのだ。古いタイプなのだ。親孝行がしたいのだ。その江分利が、遂に母に小遣いというものをやらずじまいだった。東西電機に勤めていれば、盆暮に母に1万円ぐらいやるのはそれほどむずかしいことではない。それをやらなかった。（盆暮には280円のぜん屋の駒下駄《こまげた》を1足買ってやるだけだ）一体、何千万という借金のなかで1万円やって母が喜ぶだろうか。母はきっと嬉しそうな顔をしただろうが、それは演技だ。江分利は、江分利から親孝行を奪ったものを憎む。江分利は父を憎む。江分利が父を憎まなければならぬ情況に追いやった父を憎む。（ただし、昔の父は現在の父とはまるで違う。戦前の父と戦後の父とは別人だ。父をそうさせたものを江分利は憎む。この間には「戦争」というものが「日本」というものがはさまっている。それについてはあとで書く)

父は2月のはじめに持病の糖尿病に腎臓病を併発して以後1年間入院する。江分利の弟の奮闘で借金の利息の月払いの話がうまくついた。江分利家はその年の6月に離散する。江分利は友人の上田の家に半年間間借りし赤羽常務に頼んで東西電機の新婚者用・転勤者用社宅に入れてもらう。江分利は母のことがあって、出社してすぐ審査して生命保険に入る。江分利の死ぬ話などを病的におそれる夏子には内緒だ。あれから2年経ったが、まだ夏子はそのことを知らない。

悲惨な話のなかにも滑稽《こっけい》な出来事はあるものだ。この滑稽なでき事で江分利はまた泣くのである。当時、江分利家の2階の4間に下宿人が2人いて、1人が「星　条　旗《スターズ&ストライプス》」紙の特派記者でイラストレイターの Peter Landa（通称ピート）だった。

江分利の身体がめっきりおとろえ、そこへ山内教授の事件があって数日後、夜おそく停電があった。ピートの部屋のステレオも止った。江分利は蠟燭《ろうそく》を持って2階へあがっていった。

蠟燭をはさんでピートが滑稽な話をしたのである。（といっても、彼はシカゴ生れ21

歳の青年で、アメリカなまりがひどく、江分利は英語ができないから、それと分るまで30分近くかかった。ピートは now《ナアオ》 とか well《ウエオ》 とか you know《ユノウ》 とかいう言葉をはさんで、口ごもりつつ恥ずかしそうに、ゆっくり話してくれたのだ）1月4日、つまり母の告別式の日はピートはいったん「星条旗」へ行ってから、忘れたデッサン帳をとりに帰ってきたのが、丁度焼香の時間だった。玄関は人の列である。仕方なくピートは列につらなる。見まねで焼香をする。すると自然に列は裏口へ出る仕掛けになっていて、そこでお辞儀をされて、ハッピを着たサブからハガキを渡される。「星条旗」紙といったって、軍隊の仕事だ。ピートはいそいで帰隊せねばならぬ。意を決してふたたび列に加わるが、同じ順路で出されてしまう。どうしても自分の部屋に帰ることができない。3度くりかえして、あきらめたのだという。サブだって驚いたろう。同じ外人《げえじん》が3回出てきたら……といってピートは笑うのだ。江分利も久しぶりで大笑いする。

暗闇《くらやみ》のなかで短い沈黙がある。ピートが沈黙の意味をどうとったのか「アイム・ソオリイ」といって黙りこむ。バーバン・ウイスキーをタンブラーに注《つ》ぐ。（凄《すご》いねアメリカ人は、8分目はたっぷりある）

江分利は当時33歳になったばかりだ。江分利は残りの人生で何ができるだろうか。身体はおとろえはじめた。才能の限界はもう見えた。山内教授の借金だけでも返済することができるだろうか。夏子に笑いを回復させることができるだろうか。庄助を1人前に育てられるだろうか。江分利は念願の短編小説をひとつ世に残すという事業を行えるだろうか。その他もろもろの念願をどこまで果せるだろうか。こころもとない。ハナハダ、こころもとない。夏子にも庄助にも言えないことを、この外人に言ってみようか。

江分利は辛《かろ》うじて口をひらく。

「ウェオ…アイム…ステオ・イン・マイ・アアリイ・サーリース (I'm still in my early thirties)」俺はまだ30代を過ぎたばかりだ。だからまだ、だからまだ、何かが……

「イエス」とピートが強くさえぎる。驚くじゃないか、ピートの目が輝くのだ。大粒の涙が蠟燭の灯に光るのだ。こいつ、分るのかな、と思ったときはもうイケナイ。江分利の目の前がかすんできた。

ステレオがやってきた

†冬枯れの田圃《たんぼ》で

春、のようにあたたかい。

37年1月末のある日曜日。

みんな、なんとなく社宅の前の通りに出てくる。この社宅ではヨチヨチ歩きの子供が多くて、子供につられたようなふりをして、集まってくる。

「お早うございます」

近県の小売店廻りをしている営業2課の小林が、インギンに明るく頭をさげる。仕事の関係でこうなったのか、もともと明るい性格なのか、とにかく人をそらさない所がある。小林を憎むことは誰にもできない。この人が小売店を廻っているかぎり、絶対安心という気がする。しかし先輩をおしのけて出世するというタイプでもない。

小林は2人目の女の子を抱いている。新婚者用の社宅だから、だいたい入居して1年

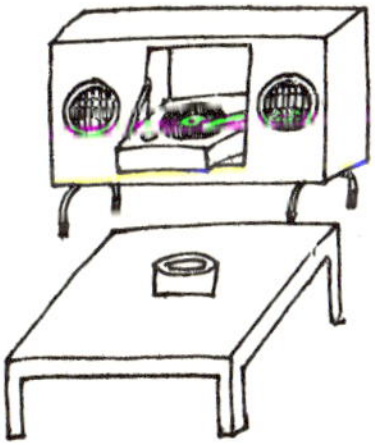

以内には出産という公算が多い。住みついて2人目ができたり、できかかったり、出産と赤ん坊に関しては、かなり忙しい社宅である。

6棟《むね》12世帯では年のうち、5、6人は生れることになる。3人の子持ちは、まだない。3人になると、1戸建ちの社宅を与えられるか、自分で建てるかして、ここを出てゆく。営業部員は、そのまえに転勤になることも多い。

江分利のように大正生れで、子供が小学5年というのは特殊なケースである。みんなまだ若い。江分利は、君たちは活火山で、うちは休火山だよ、といったことがある。

社宅の前の通りをへだてて、約2千坪の田圃があり、矢島が犬を追っている。辺根が中央でクラブをおおげさに構え、糸のついた練習ボールを打っている。この田圃はどういう加減か、毎年、半分の約1千坪だけが耕される。どうも地主は、坪7万か8万ぐらいで宅地用に売ってしまってあって、あるいは、その半値くらいで銀行から金をひきだして、悠々《ゆうゆう》と暮しているのではないかと思われるフシがある。そして農地法とか宅地法とかがあって、半分は耕さないとウルサイ、そこでシブシブ半分だけ耕作している、といった気味がある。

耕さない方の半分は、1年を通じて子供たちの遊び場となる。いまは凧《たこ》あげと2B弾が幅をきかせている。大人たちもキャッチボールをする。相撲だかレスリングだか組んずほぐれつの一団もいる。地主らしいのがそこを通っても叱《しか》るということをしない。どうでもいい、という表情がある。白く倒れている雑草に火をつけて、パッと際限もなく拡《ひろ》がりそうにみえることがあるが、それでも子供たちは叱られない。どうかすると耕してある方の田圃へ入っていってもおこられない。子供たちは夏はそこで蛙《かえる》をつかまえるのである。

はじめ、この社宅に移ってきたとき、江分利は目の前に田圃があることを喜んだ。山手線の内側にしか住んだことのない庄助に、米のできるところを、最初から見せるのは悪くない、と思ったのだ。

「庄助、見ろ、お百姓さんたちは、こんなに苦労してオコメをつくるんだぞ。炎天の田ノ草取りっていってね、貧しい日本の農業には、これがつきものなんだ。いいか、よく見て、農業ってものを考えてみろ。これがお百姓さんたちの基本になるんだぞ」

こんな場面を想像したものだが、ここの百姓が田ノ草取りをしているのを見たことがない。雑草は平気で繁っているのである。夏子にきいてみると、

「さあ、やってたようですけど……」

と、これも熱がない。

刈入れの時期がきて、ほかの田圃は、もうきれいに稲架《はさ》ができているのに、ここだけはほうり出したままだ。稲穂が垂れて、雨で地に伏したようになっているのに、まだ刈

らない。まるで自分の頭髪がのびすぎたようで、鬱陶《うっとう》しくて仕方がないといった状態が何日か続いたあとで、やっと地主は腰をあげたのだ。

田植えも簡単なら、初秋の雀の大群も、こっちで「いいかげんにしてくれ」といいたくなるような跳梁《ちょうりょう》ぶりだった。真剣なところがちっともない。お百姓さんたちに、江分利が抱《いだ》いていた真摯《しんし》ともいうべき概念は完全に裏切られたことになる。ヒタムキなところが感じられない。これでは、庄助に稲作とはこんなに簡単なものだと教えたような恰《かっ》好《こう》になる。それに、この田圃が坪8万円もするというのを、どこかから聞いてきたのも庄助なのだ。

それでも、田面を渡る風が、早苗《さなえ》を波のようにゆるがせて通る初夏の夜は、ちょっと風情《ふぜい》があった。佐藤と吉沢と川村を呼んで、2階の窓をあけはなって飲んだ十五夜の晩もちょっとよかった。前日に、これと目をつけていた薄《すすき》が全部刈りとられていたのにはガッカリしたが……。

佐藤も川村も出てくる。いつもの黒っぽい背広とちがって、かなり思いきった柄のセーターとスポーツ・シャツであることが面白い。日曜を充分にくつろごうという気持を、さらに衣服でもって演出しているようだ。小林はドテラである。佐藤は黄色のセーターに黒足袋《たび》である。

「えっらいヤツシとるやんか」
江分利は佐藤の口真似でからかう。川村には、さあ、今日の午後をどうしょうかいナ、というくつろいではいるが、所在ない。川村には、さあ、今日の午後をどうしょうかいナ、という表情がありありと見える。

このホッとしたような、所在ないような日曜日の表情が見られるのは、前年の12月の初め頃からである。もっと正確にいうと、暮の賞与の額が決定したあとの最初の日曜日からである。特に組合の執行委員である佐藤と川村にはそれが顕著だ。残業と日曜出勤の多かった経理課の吉沢も、そのころになると一段落つくのか、日曜は冬枯れの田圃に顔を見せるのである。営業部も暮の月初めには勝負がつく。江分利のいる宣伝部も、歳暮広告を終り、新年原稿を製版所に渡しおえた頃にあたる。

これが1月の末まで続く。

暮にはデパートの配達車から意外に大きな荷物が届けられたりして、みんなの顔に愉《たの》しそうな笑いが浮ぶ。

「いやあ、安物、安物……」

といって矢島が犬を連れたまま駈《か》けてゆくので、それが、矢島のほしがっていた整理箪笥《だんす》だと知れる。

半数は大晦日《おおみそか》からクニへ帰る。残った者は、三ガ日、なるべく顔をあわさないように苦労する。道であったら、これは仕方がない。

「あけまして……旧年中は……本年も……」

ということになるが、あらためて各戸ごとの挨拶はしないという習慣がなんとなくできている。6、7軒のことでも交互に行われたらエライことになるのを知っているからだ。新年の挨拶は4日の初出勤を待つ。


1月末の日曜日。

賞与は予定の貯金や月賦（ボーナス月は多い）や株を買ったりで半分になり、残りを買物や旅費でつかいつくして、いま、一番現金が少ない。

（やることはやった。さあ、ソロソロひきしめなくちゃ）

と、だいたいそういうところだろう。

例月でも給料前の日曜日はそうだが、目だってカンヅメ料理が多くなる。酒屋はツケがきくからだ。それに肉屋や八百屋は御用聞きが来ない。インスタント・ラーメンはどこの製品がうまいか、などという話題が出るのもその頃だ。

「日清のチキンラーメンに焼豚と葱《ねぎ》をきざんでいれますねん。これが一番だんねん。焼豚ちゅうところがコツやで……」

と吉沢が力説する。

だから、寿司屋の岡持がパイプでできた社宅群の門を入ったりすると「おッ」という顔つきになる。日曜ぐらい店屋物《てんやもん》をとって楽をしたいという夫人連のねがいは、みんな知っているのだが、ないものは仕方がない。

そこへ、田圃の持主である老人が通ったりすると、東西電機側はトタンにしょんぼりしてしまうのである。坪8万として、1億6千万円もっていることになる。ヨレヨレの国民服に作業ズボン、黒のスキー帽をかぶった老人のまわりには別の空気が漂っているようにみえる。どうしたって東西電機側は、畏敬《いけい》の念をもって目送せざるをえぬ。

†ゴルフはスポーツであるか

社宅では、ウカツに口をきいてはいけない。たとえば、その日、江分利の家にステレオが届くことになっていた。ハイファイ・マニヤの矢島と音楽好きの佐藤を遅目の昼食に招待して、一緒に最初の音をきこうというのである。それに江分利は1枚もレコードを持っていないので、2人が持ち寄ることになっていた。その他の人はよんでいない。川村や吉沢がきたってちっともかまわないのだけれど、社宅の一番広い2階の6畳でも江分利と夏子と庄助に客が2人きて、大きい方の卓袱台《ちゃぶだい》を出せば忽《たちま》ち身動きできなくなってしまう。折角の日曜日だから、意外なところで夫人の恨みを買わぬものでもない。招待して「来てくださる」というのは大変なことなのだ。

その辺を心得ている佐藤は、吉沢や川村にきこえないように
「あとで、持ってうかがいます」
といって消えた。社宅での会話は妙に尻切れトンボで思わせぶりみたいなところがある。

たとえば、田圃の真ん中でゴルフをしている辺根のことにしたってそうだ。彼にゴルフの腕まえをきいてはいけないのだ。彼は殆《ほとん》ど1年中、ヒマさえあれば、社宅の小さな庭か田圃へ出てクラブを振っている。ということは、厳密にいえば、彼は1度もゴルフをしたことがない、ということになりはしないか。

クラブを振ることだけでゴルフなのか、グリーンの上でスコアを争うことがゴルフなのか、江分利にはよく分らないが、バットの素振りだけでは野球をしたことにはならないと思うので（キャッチボールは野球の練習法の一種であって野球そのものではない）つまり、その考え方でいけば、おそらく辺根のゴルフの腕まえについては全く未知数というより仕方がないのではないか。

社宅では、辺根がゴルフリンクへ行っていないということが、おおよそ知れているので、だからウッカリ腕まえをきけば、侮辱を与えるというふうに勘ぐられてもしょうがない。

辺根のことだから
「いや、私のは体操です」

ぐらいに軽くうけながしてしまうだろうが。

ゴルフの大嫌《だいきら》いな江分利には、辺根のやり方がゴルフ全体を馬鹿にしているようで気持がいい。江分利が何故《なぜ》ゴルフが嫌いかというと、まず、ゴルフにはなんとなく胡散《うさん》くさいところがあるからである。やったことがないのにそんなことをいうのは変だと思われるかもしれないけれど、少なくともゴルフを習おうという青年は何か胡散くさい。つまりスポーツをやろうというだけでなくて、別の欲得ずくが働いているように思われる。だいたいにおいて、ゴルフ青年はそういう顔をしている、ように思われる。

つぎに、およそスポーツと縁のないような（縁のないような顔つき、身体《からだ》つき、心構え）中年男やバーのマダムなんかが、チョロッとやってチョロッとできちゃうというのがどうも胡散くさい。どうもスポーツじゃないような気がする。

3番目に、これはいいたくないが（ゴルフがほんとにスポーツなら許せることだが）いまの日本の住宅地の事情を承知のうえであの広大な土地を占領していることがどうも納得できない。（だから入会金が高くなるのだろうが、これにムリして入る青年はどうもおかしい）たとえば、テニスコートや野球場の土地というものは狭くてしかも全く涙ぐましいくらいクマなく利用されている（ダッグアウト、コーチャーズ・ボックス、ブルペンを見よ）のに反してゴルフ場は、無駄な土地が多すぎるように思われる。10メートル幅の道路のようなものを何本かつくれば、それですむことではないのかね。林あり池ありといった風致地区みたいなものをこしらえないと君達はゲームができないのかね。ゴルフ族というのは、軽井沢に別荘を持つ左翼作家みたいな趣がある。

「大衆をだね、この位の生活水準にひきあげるのが我々の役目でね、江分利君、君、いつまで貧乏くさいことを言ってるつもりなのかね、アハハハ」

だそうである。

最後に、ゴルフにはスポーツに肝要な「素朴さ」が稀薄《きはく》なように思われる。マウンドに立つと、この位憎らしい奴はないと思われるような巨人軍の堀本でも、バーで会うと実に屈託なく飲んでいる。これに反してゴルフ族の憎らしくキザな奴は徹底的に憎らしくキザである。ゴルフには大人の遊ぶベビー・ゴルフというのがあるが、いったいベビー・ラグビー、ベビー・フットボールなんてものが考えられるかね。

それなら、江分利の好きなスポーツは何かというと、彼はスポーツに対していくつかの公式をもっている。

まず、個人ゲームを除く。江分利はスポーツではチーム・ワークを重視するからだ。個人の力が極端に発揮されるスポーツは味気ない。

つぎに、ボールを扱わないスポーツはつまらないと思う。スポーツは楽しくなくてはいけない。ある著名な水泳選手が、競泳よりも水球の方が面白いと語ったのを聞いたことがある。

そのつぎは、相当な年齢（40歳くらいまで）に達してもプレーできるスポーツということである。これは技術を重んじるからだ。

4番目に、女でもかなりやれるスポーツは認めない。認めないというよりも、それは女性のゲームで見た方が面白いからだ。バスケット・ボールなどは男がやると、もうショウの段階に来ているという話も聞く。テニスやバレー・ボール、ピンポンなどもこれに入る。

残るのは、ラグビー、フット・ボール、野球などであって、江分利はこれこそスポーツだと思うが、強《し》いてひとつ残すとなれば、ラグビー、フット・ボールは残念ながら時間制という難点がある。晴雨にかかわらずという大きな利点があるが、時間制だとどうしても連荘《レンチャン》連荘また連荘の逆点勝ちという場面が不可能になるのが惜しい。

それに野球はなんといってもプロがあるから金銭がからむという妙味もある。やはり人間のやるゲームだから、金銭がからんだ方が面白い。

†捨礼男

江分利家にステレオが届いたのは、暗くなりかけた4時である。

佐藤も矢島も、かなり酔ってしまった。給料前だから、料理といってもアヲハタ印とあけぼの印ばかりだが、サントリー白札の1本目は殆ど空になっていた。

最初は佐藤の持ってきたセゴビアのギター曲である。レコードはステレオではないが
「やっぱり、どこかちゃうなあ」

と佐藤が感嘆する。

「寺田さん、なかなかやるじゃないの」

矢島がそういうのは、このステレオが36年暮のボーナスを狙《ねら》って東西電機が売出した新製品であり、研究室の寺田が設計したものであるからだ。


ステレオが来たことについては、江分利にひとつの感慨がある。江分利は一時「捨礼男」と号したことがあって、別に俳句や短歌をつくったわけではないが、もしそういう機会があったら、捨礼男と書いてやろうと思っていたのだ。捨礼男とは礼儀を捨てた男ではなく、単にステレオと訓《よ》んでくだされればよろしい。

ステレオを東西電機が手がけてから、まだ4年しか経《た》っていない。そのずっと前に江

分利は仕事の関係で、五味康祐《やすすけ》さんの家に毎日のように通わねばならぬ、ということがあった。だからハイ・ファイ音というものがどういうものであるか、音楽とともに暮すということがどういうことであるかについて、少し知っていた。江分利にとって音楽（ハイ・ファイ音）は日常生活に欠くことのできないものであり、同時に到底手のとどかぬ〝高嶺《たかね》の花〟であった。当時の江分利は3千円のラジオを買うのも容易ではなかった。山本富士子さんと一緒に暮したいと切に希《ねが》っている独身男性が何人かはきっといると思う。しかし、山本富士子さんと結婚できる可能性は零《ゼロ》に近い。江分利にとってステレオは山本富士子さんだった。

五味さんは、江分利に

「この機械、お前《めえ》さんにやろうか」

と言ったことがある。何台目かの新しい装置と買い換えるところだったらしい。もちろん、そんな高価なものをいただこうとは思ってもみなかったのだが、江分利は武者震いみたいなものが全身を走ったのを記憶している。

「いや、お前さんは博奕《ばくち》打ちだったな。（五味さんがそういった意味については、いつか書く）音楽には縁がねえな」

と五味さんはあっさり撤回したが、江分利は、自分の武者震いみたいなものに恥じた。

江分利が捨礼男と号したのは、勿論自嘲《もちろんじちょう》の意味をこめてのことであるが、ステレオは、ステレオを買うことは、江分利にとって情熱の対象みたいなものだった。いつかは、老年になってもいい、いつかは凄《すご》いステレオを買ってやろう、あるいは一生買えないかもしれないが、ステレオを買うことを生甲斐《いきがい》にしてやろう、それが江分利の「捨礼男」だった。

矢島にきくと、10万円出せば、まああの音が出るという。4、5万のものを買うのはちょっと見あわせた方がよいという。10万といえば江分利の大きな借金から考えて、ここ5年間はとてものぞみ薄の金額だ。だいいち10万円のステレオを置く場所がない。家からしてなんとかしなければならぬ。

東西電機が突如として、団地サイズ・超薄型・ドメスチック・ステレオL466の企画を社内発表したことは、だから、江分利にとって少し迷惑な話だった。現金正価2万3千円という値段は画期的なものであるにせよ、ちょっと困るのだ。これを社員割引にすると2万円とあと少しで買える。(社員割引というものは世間の人が考えるほど安くない。東西電機では1割1分5厘の割引で、どうかすると小メーカーの品を月賦屋を叩《たた》いて買った方がずっと安いのだが、そこは企業イメージというものがあって、だいいち庄助が東西電機以外の製品を買うと江分利を悪者扱いする) ボーナス2回払いなら1万円と少しだ。とすると、江分利が捨礼男などと悲壮がっているのが滑稽になってくる。

情熱の対象が空《むな》しくなるのである。

　ま、そういうわけで、ステレオが江分利家にやってきたのだ。最盛期の暮をはずして正月に運んで貰ったのは、江分利の愛社精神というものだろう。江分利は不本意と喜びがゴッチャになる。ゴッチャになって笑い、且《か》つ飲むのだ。山内教授やその他もろもろの借金に対しては、ステレオが商売道具のひとつということで許してもらおう。（ソノシートによるダイレクト・メールなどという仕事もある）しかし、ステレオがやってきたことについて、矢島や佐藤にはわからない、もうひとつの感慨があった。

　35年の6月、江分利家は一家離散することとなった。母の死を契機にいったん集まった兄夫妻、弟夫妻、同居人たちが別れ別れになるのである。（父は糖尿病と腎臓病を併発して入院、ピートは5月に帰国した）どうなることかと思われた莫大《ばくだい》な借金が弟の才智で、江分利の家を貸して、その家賃で利息を払うということで一時凌《しの》ぎの話がついた。家が何重もの抵当に入っていたことがかえって幸いしたむきもある。そんなら家を売ったらいいじゃないかと誰でも考えるだろうが、これがオリンピック道路の予定地にあって、おいそれと売れないのである。（これが幸いしたむきもある）

　江分利は、少年の頃からの友人、上田の家の離れをムリに頼んで借りることとなる。こういうことってのはお互いに困るんだなあ。たとえば部屋代をいくらにするかということについて話しあおうと思っても、お互いに困惑があるだけだ、同じ机を並べていた人間が部屋代を払う身のうえ、受ける身のうえとなるのである。上田の気持がわかるだけに、江分利は強引に、いまは1万円しか払えない、と突っ張ったのである。上田は、それじゃ貰いすぎだという。そんなことってあるかね、上田の家は都心にあって閑静な高級住宅地である。離れは凝った庭の東隅にあり、8畳1間だが、ぐるりに縁側があって、2坪のリビングキッチン、洗面所、トイレ、自由に外から出入りできる玄関があって、完全に独立している一戸だちの形である。

安くて2万円というのを半値にしてもらったようなものだが、上田はそのうえに、電気代はメーターが一緒になっているのでとらぬという。(金のことを別にしても迷惑な話だったろうが……)

まあ、人の情けというものは、受ける時には思いきってうけてみるのもいいだろうという漠然《ばくぜん》とした気持で江分利は引越した。

さてしかし、当時の江分利の給料は手取り3万円である。ここから1万円ひいて残るは2万円。庄助の喘息の治療に、治療代は別として往復のタクシー代(何故《なぜ》車にのらねばならなかったかについては前に書いた)だけで毎日8百円かかるのである。差引き生活費はゼロだ。そこへ一家離散したのであるから、あらためて洗濯機やテレビを買わねばならぬ。この月賦をどうするか? ボツボツ支払うべき借金もある。

江分利は、いままであまりやる気のなかったテレビ劇の脚本や、ラジオのディスクジョッキーのためのコントなどを引きうけることにした。江分利は東西電機の宣伝部に所属しているから、まさか他社の宣伝をすることはできない。従ってNHKか民放のサスプロ（スポンサーのついていない番組）ばかりだから稿料は安く、本数を余計持たねばならぬ。テレビ劇は毎週であり、ラジオは日曜を除く毎日のことである。そういう関係ができると他の番組が飛びこんできたりして、週のうち2日は徹夜、日曜はこもりきりという生活が続くようになる。江分利は髪ふり乱し（彼は31年頃から頭髪がゴッソリ減って、減った所へ全体をあわせるようなGIカットにしているから字義通りの実感には遠いが）という思いで暮す。疲れるから原稿があがると翌日は大酒を飲み（Crazy boy, get cool!）稿料の半分は飛んでしまうが、何とかやっていくだけの金は持って帰った。おどろおどろしき暮しぶりである。

矢島や佐藤や柳原にはワケを話して江分利の仕事ぶりについてしばらく眼をつぶってくれるように頼んだ。いまの江分利から見ると誰も信用しないだろうが、入社して3年ぐらいまでの彼は、朝は30分か40分早く出勤して床を掃《は》き、宣伝部全員の机を拭《ふ》き、お茶をいれてスタッフの出てくるのを待つという勤務ぶりだったのだ。イイコになりたい、というのではなく、江分利は稀代《きたい》のブキッチョで（正確にいえば頭が悪いということなのだが）下手なコピー（広告文章）を考える以外に能がないので、雑役を買ってでただけなのだが……

年の内までという上田との約束もあり、あたらしくできた新婚者用・転勤者用のいまの社宅に赤羽常務に頼んで入れてもらったのは35年12月25日だった。

12月25日に江分利一家の3人が何をしたかというと、引越し荷物を解かずに、まず風呂を沸かしたのである。上田の家にいたときは銭湯へ行った。それも億劫《おっくう》になりシャワーボックスや盥《たらい》で行水したりしたが、寒くなるとかく手足を拭くだけで寝てしまうことが多くなった。麻布の家の2坪はたっぷりある総檜《ひのき》の風呂場だけが懐かしかった。

その日、江分利と夏子と庄助はかわるがわる3度も風呂に入り、手桶《ておけ》でいくら掬《すく》っても垢《あか》がそのたびに水面に厚く浮いた。（庄助はいまでも12月25日はクリスマスではなく「お風呂の日」と呼ぶのである。それに彼は喘息のためによいという冷水をそこで浴びることもできる）

東西電機のテラスハウスは江分利たちオヤコサンニンにとって、ちょっとした天国だった。家賃はぐっと安くなり、年が明けて給料も少しあがった。江分利は庭に一面の芝生を敷きヒマラヤ杉を植えるのである。電気冷蔵庫（瞬間霜取脱水装置・バターボックス付きだぜ）も36年12月で月賦を完納した。

そこへステレオがやってきたのだ。まだ1度も支払いをしていないが、今年中には自分のものになるだろう。幅1メートル強で、よほど耳を近づけなければステレオであることが、分らないがそれでもステレオはステレオである。

ここまできた、やっとここまできた、という思いで江分利は胸がいっぱいなのだ。涼しそうなふりして暮してきたが、江分利はこの数年背広1着靴1足つくったことがない。実をいうと、江分利はもうステレオなんかどうでもいいのである。ブラームスとシベリウスもあるものか。ベラ・エレンもオスカー・ピーターソンもどうでもいい。

江分利は酔って（このごろ酔うと少しおかしくなるのデス）蛮声をはりあげた。

「ヤアルと思えばァ、どこまァでェヤルサ」

矢島も佐藤も仕方なく唱和する。

「ギィリがァ、すたれェばァ、この世ォはァ闇さ……」

いろいろ有難う

†父のベレー帽

父が、帰ってきた。

持病の糖尿に腎臓を併発し、血圧も高くて、一時はダメかと思われた父が、退院して江分利の家に帰ってきた。

退院してきたといっても、全快というのではなく、糖尿と腎臓だから快癒《かいゆ》というのはあり得ないので、実感としては、むしろ駄目になって戻ってきたというのに、近かった。

退院してもよい、と医者にいわれたとき、父はちょっと戸惑ったらしい。（いったい、どこへ帰ったらよいのか）長男夫婦は子供はいないが共稼《ともかせ》ぎであり、家も狭い。江分利の弟は収入もあり人情家だが、朝早く夜遅い生花業を営んでいるので、糖尿と腎臓とい

う食餌《しょくじ》療法のたいへんヤッカイな病人をひきとるわけにはいかぬ。上の妹には子供が3人いて、自分も日本舞踊を教えたりしているので、これも無理だ。下の妹は「あたしが引きとるから、パパ安心して」などと言ったそうだが、いかにもこの妹の言いたそうなセリフだが、義弟は東宝専属の映画俳優であり、妹自身も日本舞踊のステージ・ダンサーで、女中が2人いるかわりに子供も2人あって出入りがはげしいから、キメの細かい療法を必要とする病人を抱《かか》えるにはいかにも不向きだ。

江分利は、どのみち父の面倒は自分がみなければならぬと、母の死以来覚悟していたのだが、そのことを夏子が父に告げたとき、父はたいへん喜んだそうだ。

というのは、母の死以後、江分利は殆《ほとん》ど父とは口をきかず、入院してからも夏子は別として江分利とは〝義絶〟のような状態だったが、ほんとは父は江分利と夏子をいちばん頼りにしているからだった。

江分利は父の入院中、夏子に追いたてられるようにして、2度見舞に行ったが、そのときも、殆ど口をきかなかった。江分利は、やっぱり「冷血動物」なのだろうか。

父は、入院してからも散々に弟や江分利をてこ摺《ず》らせた。当時の江分利家の状況からいえば、入院させることだけでもやっとのことだったが、父は大部屋を嫌《きら》って内緒で南向き個室の特等病室に入ってしまう。この部屋代だけで月6万円費《い》るのである。弟が怒って、大部屋に移すと、今度はだまって、月4万円ぐらいの北向き個室に、勝手に入ってしまう。おそらく高価な個室に移るには支払いが可能かどうか病院としても若干の調査を必要とするのだろうが、こういうときの父の弁舌は、実に冴《さ》えるのだ。

いったい、父はどういうつもりでそんなことをしたのだろうか。虚栄心なのか、ワガママなのか、悪意なのか、やぶれかぶれなのか、それとも死を覚悟して、せめて個室で死にたいと願ったのか？　江分利には皆目見当がつかない。（はじめ、大部屋に入ったとき、父は「私は個室があき次第、そちらに移るつもりです」と担当医や同室の患者に言ったという）

弟がそのことや、借金の始末について父にきくと、父はただただ泣き出すばかりだったという。（泣いちゃって話にならない、と夏子も言う）

そのうち、父は、テレビが欲しい、と言い出した。江分利は、病院の大部屋に個人のテレビを置いていいものか、置く所があるのか、他の患者の迷惑にならないのか、その辺が分らないので、しばらくほっておくつもりだったが、下の妹がどこかで月2千円の貸しテレビを見つけてきた。妹とすれば「パパ可哀そう」の一心である。

さらに驚いたことには、夏子の報告によると、父は入院してすぐ18歳の看護婦と恋愛をはじめたのである。これが、恋愛といえるかどうか、これも江分利には分らないが、貸しテレビを置く前に、これなら差しつかえないだろうと思って江分利が買った7千円のトランジスタ・ラジオを化粧箱ごとその看護婦にプレゼントしたという話をきいて、江分利はいたたまれないような気持になった。

夏子の報告によれば、父はその娘にクレイジイ・アバウトなのだという。だとすれば、65歳で全治不可能と思われる病状の父は、何を武器としているだろうか。まず考えられるのは資産だろう。しかし金はない。破産よりももっとヒドイ状態である。つまり、父は、資産家と思わせる術《すべ》を、またしても〝弁舌〟を駆使しているのであろう。江分利に、父が異常と思える程、個室に執着する意味が少し見えてきた。

父が、まず充分と思われる小遣《こづか》いを足りない足りないと言い（糖尿病患者用に海草でつくったヨーカンなど売っていたが、それほど高価なハズがない）病院を脱けだして、江分利や弟のツケのきく料飲店を歩きまわる意味が、少しずつ分ってきた。（江分利には諒解《りようかい》し難いことだが「恋愛」は事実らしい）

父は入院する前日「俺は入院する積りはない。散々皆に迷惑をかけることになるので、入院というより監獄へいくようなつもりで出掛けるのだ」といって、みんなをシンミリさせたものだった。するとこれは、〝監獄に咲く恋の花〟か？　ここまでは信じたくないが、父は結婚を申しこんだという報告もある。

〝弁舌〟は恋愛だけではない。当時、まだ大毎オリオンズの東京スタジアム（千住）が発表される前で、パ・リーグが球場の敷地を探しているという報道がスポーツ欄に時折見られた。そこに目をつけたのである。父の病院は東京都の山の手と下町との境にあり、都営であってかなりの敷地があった。地代の値上りのせいか騒音のせいか知らぬが、そこを売りはらって郊外に疎開しようという話があったことも事実らしい。それを結びつけて仕事にしようとしたのだ。江分利に後楽園球場の左右両翼の長さや施設を調べてこいという。できれば球場の青写真が手にはいらないものか、とも言う。そして

「この仕事は20億だ。20億なら、俺《おれ》がちょっと乗ってもいい話だ」

などと言う。こういう言い方や考え方が小心な江分利のカンにさわるのである。いったい父は、どうやって入院したばかりの誰も知る人のない病院で、不自由な身体で、病院当局や都の人たちとワタリをつけてゆくのだろうか？　20億という数字はどこから出たのか？　父がその間に介在して20億のなかからいくらか貰える権利が生ずるのだろうか？

いや、そのことよりも、母の死後、数カ月経つか経たないうちに、瀕死《ひんし》の身体で、見知らぬ環境で、すぐに恋愛したり〝事業〟をはじめたりする父が怖《おそ》ろしい人間に見えてくるのだ。もし、この話に江分利が少しでもイロケを見せれば、銀行や財界に全く信用を失っている父は、江分利に交通費や接待費や人件費とかで、10万とか20万とかを要求するにちがいない。ことわれば「お前は陰気な奴だ」と怒鳴るのである。といって、江

分利には、父のアイディアがいつも全く荒唐無稽《むけい》なものだったとも思われない。むしろ、ちょっと実現性がありそうな所もあって、そこへ弁舌がたつから、多くの人がヒッカカリ、傷つき、父も借金を増《ふ》やしてきたのだった。（嘘《うそ》か誠か、父はオリオンズの永田さんに会う、という所まで話が熟したが、さいわいなことに病院の敷地は球場としては左翼が少し足りなかったらしい）

父が、帰ってきた。見違えるほど、顔も身体も小さくなっていた。

江分利は会社から帰って、久し振りで〝自分の部屋〟にいる父を見た。

父は、いきなり
「いろいろ有難う」と言った。

このときのことを思いだすたびに、江分利は父のいろいろ有難うという挨拶が完璧《かんぺき》なもののように思われる。この場合、他のどんな言葉をもってきてもピッタリこないという意味で完璧なのだ。こういう言葉が、すらっと出てくる所に江分利は怖ろしさを感ずる。

「巧言令色……」とは思うのだが、情緒に弱い江分利は、ジンときてしまう。

3日経って、父は江分利を呼んで言った。俺の食べたものやその他の生活費は全部帳面にツケておいてくれという。麻布の家が売れたときに、それを支払うように遺言状を書いておく、という。江分利は呆気《あっけ》にとられた。飲み屋や料理屋の勘定をツケにするのは知っているが、生活費のツケというのははじめてである。第一、父の借金は麻布の家の価格をはるかに上廻っているのである。家と借金の管理をしている弟から、父は毎月2万円受けとっているが、病院の費用が少しはかかるとしても、今日、老人で1万円の小遣いがあれば、まあ楽隠居の部類ではなかろうか。つまり父は生活費をツケにすることによって、まるまる2万円を確保したのである。（驚いたネ、生活費の死後払いとは！）こういうことについて江分利は父と争う気はない。同じ釜《かま》、同じ鍋《なべ》でつくった食事をどうやってツケるのかね。親子の間で生活費の請求書が書けるかね。あんまりバカバカしくて話にならぬのである。江分利は子供のとき出先きで借金の言訳をうまくつけてきて「今日はチャチャッと片づけてきた」といって上機嫌《じょうきげん》でいる父を度々見たことがある。だから、その日、父は床に入って1人になってから「さて、江分利の方はこれで片づいた。おつぎは……」と次のアイディアを練っているにちがいないと思うのである。

どういうものか、父はとてもオシャレになってきた。そのうえ、好みがなんとなく看護婦趣味である。テレビに20歳前の女性がでてくると「キレイな人だ、いい身体をしている」と感に堪えたような声でいう。歌謡曲にうっとりと聞き惚《ほ》れる。「よろめきドラマ」は欠かさず見る。石原裕次郎さんの着ているセーターを賞める。街を歩くと洋品店の前で立ちどまる。「あれを俺に買ってくれ」と指さすのをみると、必ず女物である。女もののセーターを欲しいという。言葉つきも妙にヤサシクなった。

父は、どこかでベレー帽を買ってきた。病院へ行くときは、盛装してベレーをかぶるのである。

本場ではどうか知らないが、日本人がベレーをかぶるのは次の場合にかぎられるようだ。

禿頭《はげあたま》をかくすとき。

年齢よりも若く見せたいとき。

芸術愛好家であることを証明したいとき。

金がないのに、多少の資産があるようにみせたいとき。(実際は貧乏臭く見えるのに)

世の中の人情や、女性に対してヤサシイ理解者であることを証明したいとき。

江分利の父は、このうちのどれに該当するのだろうか？　江分利には、なんだか全部があてはまっているように思えるのである。

†戦争と戦争の間

江分利の父は明治30年8月、神奈川県横須賀市に生れた。祖父は職業軍人であり、日清・日露に従軍して海軍兵曹までしか昇進しなかったのだから、よほどできのわるい軍人だったのだろう。

祖父の家は貧しく、父は中学も内緒で受け、首席で合格したので祖父が狂喜してはじめて通学を許されたという。だから、むろん、中学から苦学で、卒業後、その頃横須賀の土地の人が「御場所」といっていた海軍工廠《こうしょう》の製図工として働きながら専検をとり、大正6年早稲田大学理工科の補欠入学という大層難《むず》かしい試験に合格した。

大学を出て京都府の島津製作所に就職したが、13年に独立して、自分で機械製作所を起し、翌年母と結婚、昭和3年には東京芝浦にかなりの工場を建てた。父の話では、当時、東京芝浦製作所（今の東芝）や中島飛行機株式会社とくらべて遜色《そんしょく》ない規模だったという。それはちょっと話が大きすぎるが、戦災でなくしたアルバムには当時の新居の写真があり、品川区戸越の高台にあるそれはとてつもなく大きな邸《やしき》であり、自家用車のあったことは江分利も記憶している。

母もやはり横須賀市の生れであるが、この方は父と違って資産家の娘であり、町ではじめて海水着を着て泳いで新聞種になったり、音楽が好きで帝劇のコーラス・ガールに出たり、つまり横須賀でのお転婆でいわば当時のスターであった。この母を苦学生の父がどうして獲得したか知らないが、父はいわば立志伝中の人物ということができよう。

昭和5年、世界的な恐慌の余波をうけて父は第1回の派手な倒産をする。債権者が暴力団をつかって父を追い、転々と居所をかえた。

昭和6年、一家は川崎市に落ちのびる。

川崎市でのはじめての正月は、蜜柑《みかん》箱の上に酒肴《しゅこう》をならべて祝った。5歳になった江分利は一穴式の便所とはじめての銭湯に辟易《へきえき》した。金隠《きんかく》しが焦茶色であるのは下品なような気がしたし（金隠しは白でないとウマクない）銭湯には腫物《はれもの》だらけの老人もいた。留守をよそおうために、雨戸を閉め、家中に鍵《かぎ》をかけ、母と子が1日中奥の3畳に固まって暴力団をのがれたこともあった。そいつらは玄関や雨戸をガンガン叩《たた》き悪態を吐《つ》いて帰っていった。

父は苦しい最中であったが、江分利が朝起きると必ず枕許《まくらもと》に土産物《みやげもの》の菓子が置いてあった。父がよく買ってきたのは、ガラスの箱に入っている小さな砂糖菓子であり、ケースを振るとかすかな音をたてた。多分それはボンボンの一種だったと思われるが、家の内証も知っており、父思いであった江分利は、嚙《か》めば脆《もろ》くくだけて甘い蜜《みつ》のでるいかにも華奢《きゃしゃ》であることだけが取得のような菓子を、床の中で泣きたいような気持で1粒ずつ食べた。

昭和8年、父と母が同時に患《わずら》った。母は胃病で日毎に瘦《や》せ細り、色が黒くなった。父は糖尿病を宣告された。試験官にいれた父の尿を持って江分利は町の医者を訪れ、ニイランデルで真っ黒になったそれを持ってかえった。糖尿病は不治の病であり、「坊ちゃん、とてもお金のかかる病気なんだよ」と医者は言った。そのとき父は失業中であり、7歳の江分利をカシラに乳呑子《ちのみご》をまじえた4人の子持ちである。川崎の繁華街へ出て、活動写真を観《み》て、帰りに5銭食堂で焼キソバを食べる位がせいいっぱいの贅沢《ぜいたく》だった父母の生活が、それもできずに野垂死《のたれじに》するかに見えた。苦学力行し、一度は「成功」した青年の父と、お転婆時代を過去に持つ若い母とが、埃《ほこり》っぽい川崎の郊外で朽ち果てるかに見えた。しかし、その時昭和の歴史が、大きく旋回していたのである。

昭和6年9月、満州事変が勃発《ぼっぱつ》した。7年1月上海《シャンハイ》事変が起り、3月満州国が建国された。5月には五・一五事件があり、国家社会主義者が擡頭《たいとう》し「政治的軍人」が次第に強力な発言権を持つようになる。軍需工場が活況を呈するようになる。父のような「経歴」が放っておかれるワケがなかった。時代が父のような人間を必要としたのである。

昭和10年、父の友人の陸軍大佐が川崎を訪れ「戦争がはじまるよ、大きいのが」といった。父は、ふたたび決意を抱《いだ》いて、まず石油会社に就職するのである。支度金で東京麻布に家を借りた。

11年、日本経済が戦時体制に移行した。9月、重工業中心の諸株が一挙に暴騰した。すこしずつ、なんとなく、時には急激に江分利家が潤《うるお》ってくる。12年7月、果して日華事変が勃発するのである。

　父は石油会社をやめて鉄工所の東京支店長となり、丸の内に事務所を構えた。軍需インフレが途方もない金を江分利家にもたらす。母は健康を回復し、父はインシュリンを朝晩射《う》つことができるようになる。戦争が江分利家を救ったのである。

　昭和16年12月、大東亜戦争。父は町工場をも経営して、ますます「うけ」にいった。沓掛《くつかけ》（今の中軽井沢）に7千坪の土地を買い、新潟の田舎家を解体して貨車で運んで大きな別荘を建てる。総檜《そうひのき》の舞台まである家を麻布に建て、妹達に日本舞踊をならわせる。父母も芸事をはじめ、芸人達が家にいりびたりになる。江分利たち兄弟のために別棟を建てる。電気冷蔵庫は料理屋のように充満し、白鷹《はくたか》は樽《たる》で置いてあり、舶来《はくらい》洋酒がゴロゴロしていた。いくらつかっても毎月貯金ができたという。つまり、戦争成金であった。

　昭和19年11月、初めて東京が空襲にあう。江分利は低空をよぎるB29という黒い物体を見た。20年1月大都市が連続的に空襲される。2月、米軍機動部隊が来襲する。3月、硫黄島《いおうとう》の日本軍が全滅する。3月10日、東京の東半分が焼失する。江分利家の工場と家と家作が、そっくり焼かれたのは5月25日である。いっぺんで丸裸になり、鎌倉へ越して間もなく終戦をむかえた。

　戦後の父は、まるで人が変ったようである。勤勉実直の面がなくなり、張りを失ってどこか詐欺師的な相貌《そうぼう》を帯びるようになる。毎日を花札と麻雀《マージヤン》賭《と》博《ばく》で暮す。（焦《あせ》って仕事して失敗した小さな実業家もいたが）かと思うと、ふと思いついたように私立大学の経営に乗りだしたりする。

23年、父は庭にバラックの工場を建て、停電灯と称する妙なキカイを製造する。当時停電は日常のことであり、巨富を得てつぶれかかった大学を建て直そうとはかったらしいが、その仕掛けは一種の盗電であり、出来あがってみると、場所によって点いたり点かなかったりで、時にはスイッチをいれると、途端にキカイ自体が燃えだしたりした。もちろん市販できるようなものではなく、父には家や土地を売っても払いきれぬ借財が残った。その年の暮に、江分利家は東京へ夜逃げのような形で出てゆく。

父が債権者に追われる日常がまたやってくる。家財道具や衣類は全部質入れして、その利息だけで毎月3万円を越すようになる。その他の高利の借金をいれると、考えただけでカッとなるような生活が続く。江分利をはじめ、幼い弟や妹も働きに出るが、父母の暮しの奢《おご》りは、戦時中から続いているので、とても追いつくものではない。といって、父母の生活態度をきりかえることは不可能である。それは江分利の「代《だい》」にならなければできない。父と母には、日華事変の甘い想《おも》い出《で》がある。

父は、近所の飲屋で焼酎《しょうちゅう》を飲むことを憶《おぼ》えた。江分利は、時々、そこへ迎えに行く。2軒長屋の片方は金光教《こんこうきょう》の分教場で、そのもう一方の、看板もない外食券食堂のような薄暗い飲屋だった。客はたいがい父1人だけで、裸電球の下で木製の長椅子のはじに腰かけて鯵《あじ》のテンプラを肴《さかな》に飲んでいた。そのテンプラがうまいからお前も喰《く》ったらどうかという。父の眼は糖尿病と酔いとで白くにごっていた。仕立のよい、うまい着こなしの（それが自慢だった）杉綾《すぎあや》模様の高価なオーバーを着て父は酔いしれているのである。人から金を借りるには風采《ふうさい》をよくするのが第一のコツだというのが持論（ヒドイ持論だね）だった。江分利はひっぱって帰り、自分のわずかな小遣いを割《さ》いて酒屋へ走った。焼酎を秤売《はかりう》りで買うことを江分利は知った。

しかし（驚いてはいけないよ）父は24年暮には、かなり大きな工業会社に入社し、25年には社長になるのである。父の経歴がものをいうのか、またしても話術なのか、日本の経済の底が浅いのか分らないが、そうなるとすぐ家を建て、女中を2人置き、料理人を置き、運転手を住まわせて外国車を乗り廻すという生活になるのである。その年に肺《はい》膿瘍《のうよう》という大病を患《わずら》い、癒《なお》ると1年足らずでその会社も潰《つぶ》れた。経済界のわずかな消長が小さな実業家である父の仕事に敏感に反映した。つまり、それが「戦後」というものであったのだろうが、ひとつの会社を潰すと、すぐにドン底生活になり、別会社を起すと、赤字黒字にかかわらず、生計がたった。朝鮮動乱のときが、戦後の父では絶頂だった。これは早計にはいわれぬが、日本の実業家は「戦争の気配」なしでは成りたたなかったのではないだろうか？　少なくとも、江分利が最も多く暮した麻布の工場街（麻布古川橋を中心として小さな旋盤工場・機械屋が密集しているのは明治時代からのものである）は「戦争の気配」があると忽《たちま》ちに活気を呈したことを知っている。

父は、その後もいくつかの会社を起し、潰し、次第に衰え、小資本ではどうにもならない時代がやってきて、それでもバタバタしていたが、最後には狂ったとしか思われぬような経営と生活を続け、母の死当時に、最悪の状態で、決定的にダメになったのである。

江分利が父に対する親愛感と尊敬を失ったのは何歳頃のことだろうか？　これは誰でも経験することだろうが、江分利の場合は多少ニュアンスが違う。江分利だって尊敬する人物は父母と答えた期間がある。しかし、いつ頃からか、ともかく父と己《おれ》とは人間のタイプが異なると感じだした。

父は文字通り七転八起《ななころびやおき》を続けた。江分利は幼いときから「子孫のために美田を買わず」という父の口癖を聞かされた。江分利は、あるときは家にこんなに財産があるのにおかしいではないかと思い、貧乏のドン底のときは「うまいことをいう」と笑った。いま思えば、それは日本の小さな実業家としての父の覚悟だったようにも思われる。

江分利は、これもずいぶん幼いときから、もし父が死ぬときは、七転八起の天辺のところでなくていいから、せめて、資産もなくプラスマイナス零《ゼロ》ぐらいの時であってほしいとねがったものだ。

実際は、父は大きな借金を抱えてダメになり、最悪の状況で離散するのであるが、江分利は夏子と庄助と3人で川崎の社宅に移ったとき、これから自分たちの「生活」がはじまることに喜びを感じたのである。江分利には、父のいない、自分流の貧乏生活は、いわば永年の「憧れ《あこが》」だった。

社宅に住んで、暖房具を買い柱時計を買い、卓袱台《ちゃぶだい》を買い急須《きゅうす》を買い、蠅帳や帚《ほうき》なんかも買って、35歳になって一通りの電気器具もそろったときに、江分利が「やっとここまできた」と感じたのは、ちょっと他の人には分りにくいかも知れない。オーバーない方をすれば、江分利は遂に「戦争」と「戦争屋」とから手を切ったように感じたのである。

†自分の胡桃《くるみ》

東西電機の赤羽常務が江分利にきく。

「江分利。お前、兄さんどうしてる?」

「ええ。まあ、なんとかやってるようです」

「へええ。奥さんの病気は?」

「おかげさまで。まあまあですね」

「ふうん。坊やの喘息《ぜんそく》は？」

「咳《せき》は出ますが、まあ、いいようですね」

「あ、そうや、お父さん退院したそうじゃないか。どんなふうや？」

「ええ、まあ、ブラブラ……」

常務はついに癇癪《かんしゃく》を起す。

「なんや！　お前の言ってることは、ちっとも訳わからんやないか！」

そんなこといったって仕方ないじゃないですか。これが現状なんですから。


週に1回、父は病院へ行く。上等の背広を着て、赤いマフラーをして、ベレー帽をかぶって江分利の後をついてくる。週1回江分利は出勤時間をおくらせて、渋谷まで一緒に行って、タクシーに乗せるのだ。

その日、父はベレー帽の下に繃帯《ほうたい》を巻いていた。くわしくはきかないが（ききたくもないが）父の恋人である看護婦に男がいて、病院の廊下に呼びだされて殴《なぐ》られたのだそうである。そのことについて江分利はちっとも同情する気にはなれぬ。1週間前に頭をグルグル巻きにして帰ってきた父を見て江分利は驚いたが、事情をきいて笑い出した。糖尿病で歩行も満足でない老人を殴る男や、それと関係のある20歳まえの看護婦や、そ

の看護婦に執着する父の世界は江分利からはずいぶん遠い。（これはドストエフスキーだね)

江分利は、父と並んで歩きたくないとは思わないのだが、足が萎《な》えてしまったようでふらふらやってくる父と、前のめりで早足になるのが癖の江分利とでは、自然に距離ができてしまう。20メートルか30メートルうしろで、鼻水をたらしながら、総入歯の口をキュッとかみしめながら、おくれまいと必死にがんばっている父を江分利は背中に感ずる。江分利は立ち止ったり、靴紐《くつひも》を直したり、本屋をのぞいたりして距離のちぢまるのを待つ。その待っている間が、江分利の生活のなかで父のことを考える短い時間のようになっているのを感ずる。

糖尿病は、目へもきていた。眼底出血である。父は朝(といっても病院へ行かない日は11時頃だが)起きると、まず朝刊のテレビ欄を見やすいようにたたんでコタツのうえに置き、見たいと思う番組に赤鉛筆でシルシをつける。苦学生で、あとは「事業」だけに生きてきた男だから、芸能とか娯楽に関する好みはあきれるほど低い。昼からテレビの前に坐って番組が終るまでそのままでいる。目が悪いので、映像はかなりシャープなときでも、白黒が極端になるように調節する。目が疲れると「このテレビも寿命がきたようだ」と独り言《ひとごと》を言う。

江分利は小学6年生ぐらいのとき、もし、いま父母のどちらかが死んだら、己《おれ》は一体どうだろうかと考えたことがある。いったい己は何日間、何カ月間ぐらい泣いて暮すだろうかと考えたのだ。そのショックの大きさは、とても想像できるようなものではなかった。江分利は父母を熱愛していた。自分の父母ぐらい立派でやさしくて、かけがえのない存在はないと考えていた。現在の庄助が江分利や夏子に抱《いだ》いている感情がそれだろう。江分利が泥酔して帰った翌朝の庄助の怒り方、怒ったときの目付きでそれがわかる。いま、父が死んだら、どうだろうか。同じ肉親を喪《うしな》うにしてもタイミングによってショックがずいぶん違うのではなかろうか。いま父が死んでも、江分利は、父が死んだというよりは、1人の男の一生が終ったという感慨の方が強いだろう。悲しみの内容がちがう。涙の質がちがう。

老年ということがある。そして老醜という言葉がある。「老醜」ということを江分利はむしろ有難いと思うことがある。いつまでも立派でやさしい父母であるならば、その死は江分利のような脆《もろ》い人間には全く耐えがたい。母の死の打撃については前に書いた。もう一度あのショックを父で味わうのは、全く耐えがたい。父がすこし狂っていて、エゴイストで、急にみみっちくなり、悋嗇漢《りんしょくかん》になったことを、いわば「老醜」のサンプルみたいな人間になったことを、江分利は心のどこかで感謝しているような気配がある。人間というのはなかなかよくできている、と江分利は思う。年老いて、心が汚なくなり、心がおとろえ、みにくくなっていくのは、これも自然ではなかろうか。そして、いつかは庄助も江分利に対して老醜を感ずる時期がやってくるのだろう。

父はトボトボと江分利の後に従ってくる。駅までの道は遠いが、この親子はほとんど言葉をかわすということがない。時折、目と目があうだけだ。

江分利家の茶の間の仏壇の前に胡桃が8個置いてある。庄助が、胡桃を2個もっていつも掌ですりあわせていると中気にならないという話を聞いてきて、手にもシビレのきている「ジイチャン」のために買ってきたのだ。父は右手の掌にそれを握ってカリカリと摺《す》りあわせる。野球の選手としては弱肩が難である江分利も筋肉をきたえる（手遅れだネ）ために、2個持つ。庄助は3年もそれを続けると胡桃が丸くなって面白い形になると聞いて、もっぱらそのことの興味で、カリカリやる。寝床のなかへも時々持っていく。みんなにつられて夏子もやる。合計8個が茶の間にあるのだ。不思議なことに、どれとどれとが自分の胡桃であるかが一目でわかる。一番熱心な庄助のは、脂《あぶら》でテラテラ光っている。父のは一寸《ちよつと》黒っぽい。夏子のはやや大ぶりだ。形も少しずつ違う。胡桃みたいな変てこりんなものでも、各々《おのおの》形があるのは不思議なことのように思われる。

父と江分利とは、どこが違うか？　いろいろな違いがあるが、まず目につく所は、父は根っからの実業家タイプであり、江分利はサラリーマンである。父には他人を押し倒しても事業を成功させようという心構えがある。江分利は、まず人に迷惑をかけてはいけないという気持が先にたつ。かりに10万円の借金があったとして、そこへ10万円の収入があったら、父はその10万円をモトデにして一仕事して15万円にして返してやろう、といった考えをもつ。江分利なら、すぐ借金を返してさてそれから、ということになる。父は一発当てて大儲《おおもう》けして、社員や家族を潤《うるお》わせたいとねがう。それが日本の産業のためでもあると考える。事業はよいことなのだ。昔のように一旗あげることが難《むずか》しくなった今でもその考えを捨てない。江分利は、まあまあツツガナク、みんなと一緒に楽しくやっていきたいという考えしかない。

父が退院してきて、一緒に住むようになってから、この事業家タイプ、実業家的なものの考え方に対しては江分利は事毎《ことごと》に反撥《はんぱつ》する。つまり「いまに見ていろ、この俺が」という父の考えがチラチラすると、江分利は口汚なく「そういうお考えをお持ちなら、ここを出ていっていただきましょう」みたいなことを言う。極力、父の考えを押えこもうとする。「いいか、庄助、他人に迷惑をかける奴が一番駄目なんだぞ。人間として一番ダメな奴なんだゾ」という。すると父は「そうだなあ、俺なんかずいぶん迷惑をかけたからな」とシュンとしてしまう。そして「俺の一生は間違っていたんだな。満から見れば、俺みたいなのは悪い人間なんだな」と言う。

江分利の本心は、実はそうではない。本音は違う。父と江分利とではタイプと生きた時代が違うのであって、父は悪い人間ではない。江分利は、この期《ご》に及んで、ふたたび父が実業家としてのヤル気を起されることが怖《おそ》ろしいだけだ。だから、その考えを押えつけたい一心なのだ。江分利と夏子と庄助には江分利を中心としたひとつの世界がある。これをこわしてもらいたくないのだ。父がふたたび起《た》つことは破滅である。もしかりに、父が奇蹟《きせき》のカムバックに成功して実業界に返り咲くことがあっても、それは江分利と夏子と庄助にとって破滅なのだ。もう父はダメだし、かりに成功しても、その時は一緒に暮そうとは思わないが、見知らぬ遠縁の者が急にオベンチャラをつかいだし、芸人がいりびたり、プロ野球の選手なんかが入りこんでくる生活はマッピラだ。宏壮な邸宅なんかもういらぬ。そこで落ち着くという気持には江分利はもうなれないだろう。もちろん、焼酎《しょうちゅう》を秤売《はかりう》りで買うのももういやだ。

ただし、江分利は父を悪人だとは思っていない。戦争に関していっても父は悪人ではない。父は戦犯という意味では戦犯だが、いったいそれなら、明治生れの実業家で戦争のおかげをこうむらなかった人がいるかね。いま派手に儲けている会社で、戦時中、軍の庇護《ひご》を受けなかった会社が何社あるというのか。

また江分利は、父を無能な実業家とも思わぬ。七転八起しなかった日本の実業家というものは考えられない。問題は七転八起のどこで終ったかだけではないか。運と非運とだけではないのか。

父は、江分利の後を追って、鼻水たらして歩いてくる。破産した実業家の無残と老醜が一生懸命がんばって歩いてくる。（横須賀の秀才よ、ファイト！　いいときもあったんだよ、あなたは！）いったい、父はいま歩きながら何を考えているのだろうか。父は、この頃、しきりに淋《さび》しいという。江分利が出社して、庄助が学校へ行くと、夏子と2人になる。夏子が買物にいったりすると、帰りが待ち遠しくてならぬという。1人になることが怖ろしいという。だから、日曜日に江分利と夏子と庄助が映画に行く話などすると顔が青白くなってくる。父が鼻水たらして文句もいわずにがんばって歩くのは、映画へもついて行かれるというデモンストレーションなのか。

江分利は、わかっていても父とうちとけて話をするという気持にまだなっていない。父を甘やかしたら怖ろしいことになるという気持を拭《ぬぐ》い去ることができない。母をいじめた父をまだ許せない。」

父の「淋しさ」の内容はどういうものか。破産して、信頼する息子に罵《のの》しられ、目がおとろえ、手足が萎《な》えてゆくというときの「淋しさ」の総量はどのくらいあるのか。江分利にも淋しさはある。しかし江分利の人生には、まだ何かが残っている。父には、もう何もない。死を待つだけだ。父の淋しさと怖ろしさを江分利が実感として感ずることは不可能だろう。インシュリンの注射を30年間射《う》ちつづけた副作用なんかについても江分利はわからない。(だけどねえ、仕方がないんだよ。お父っちゃん、お前さんの男としての生命は戦後何年目かで終っちゃったんだよ。これはねえ、お父っちゃん、お前さんが悪いんじゃないんだよ。日本という国がそうだったんだよ。お前さんみたいな商売の人間は戦争があれば儲かったんだよ。いまでも船会社や製鉄所や株屋なんかで戦争を待ってる人間がいるんだよ。お前さんだけじゃないんだよ。だけどもうやめてくれよ、頼むからやめてくれよ。庄助が兵隊に行くくらいなら、俺も夏子も死んじゃうよ。お前さんはお前さんの小遣いの範囲内で恋愛でもなんでもしてくれよ。うまいものを喰ってじっとしててくれよ。NHKの体操じゃないけど「小さくなって」くれよ。お前さんは「小さくなって蟻《あり》さんになって」くれよ)

江分利は東横線の駅で待っていた。父は江分利に追いつくと、ニコッと笑った。

東と西

†吉沢の竜舌蘭《りゅうぜつらん》

さわがしい朝。江分利は寝床のなかで目が覚めかけていた。夏子の「あら、まあ……」や吉沢の「どこにしましょう？」などという声がキレギレに聞えてくる。重いものを持っているらしいもう1人の男の低い声も聞かれる。玄関のブザーが鳴って江分利は完全に目をさました。

吉沢がシャベルを持ったままで顔をだす。

「どうも朝早くから……」

「いやいや」

「イタイタノクサ持ってきましてん……」

「イタイタノ？」

「イタイタノクサですねん」

「ほら、いつかお話ししたでしょう、うちにあるイタイタの……」

「痛《い》た痛たの？　草？」

「ああ、あれ……あれ持ってきてくれたの。それはどうも」

吉沢が、一年ほどまえに近所を散歩していると、引越しをする家があった。なんとなく立ちどまって見ているうちに、庭に葉の尖《とが》った小さな蘭《らん》のような植物を発見したのである。どうもその植物を置いて出てゆきそうな気配なので、吉沢は譲りうけて社宅の庭に植えた。それが1年で、みるみるうちに大きくなった。甘いような感じのふっくらとした緑とピンと尖《とが》った葉さきは、見ていても気持がよく吉沢の庭の自慢のひとつである。テラスハウスと芝生によく似合う。それにちょっとした泥棒よけになる、と思われるほど一枚一枚の葉は強靭《きょうじん》だった。江分利が植物図鑑で調べたところによると、それはどうやら竜舌蘭らしい。

「ひろいものをしました」

と吉沢は満足気に水をやったり（今年は花が咲くかもしれん）と独《ひと》りごとをいったりしていたが、そのうちに困ったことがおきた。去年生れた吉沢の娘が歩くようになったのである。竜舌蘭の葉は吉沢の娘の顔の高さにのびている。吉沢は会社で江分利の顔を見て（困ったなあ）と呟《つぶや》くようになった。江分利はちょっと滑稽《こっけい》にも感じたが、それだけに吉沢の〝困った、困った〟はよく分るのである。吉沢は遂に

「江分利さん、あれ、もろてくれはらしめへんやろか？」

といいだしたのである。吉沢が竜舌蘭を丹精していたのを知っているので、どこまでが本気かはかりかねていたが、考えてみると幼児のいない家は川村と江分利の2軒であって、川村のところも、この月には生れるはずである。

「おたくの庄ちゃんなら、もう安心やで」

という吉沢の意見は、話としてはスジが通っている。このへんが社宅づきあいの微妙なところであって、吉沢家自慢の竜舌蘭がある日突然江分利家に移植されるには、それなりの根拠が必要なのである。

江分利は生花業の弟に適当な値段でひきとって貰えないだろうかなどと考えていたが、その日の朝（日曜日であったが）たまりかねた吉沢が小林にも手伝ってもらって江分利家の庭へ竜舌蘭をもちこんだのである。吉沢と小林と3人で竜舌蘭を程よき所（こういうアイマイな表現はいけない。庭の東南、東から1メートル、南から3・5メートルの所）へ植え、庭へテーブルと椅子を持ちだして、烏森《からすもり》のお染《そめ》の薄焼煎餅《せんべい》を肴《さかな》にトリスを300ml ほど飲んで、江分利はそのままにしてあった寝床へもぐりこんだ。

しかし、いったい「イタイタノクサ」とは何事か。関西では竜舌蘭のような葉先の尖った植物をイタイタノクサと呼んでいるのか。バラとかヒイラギなんかもイタイタノクサであるのか。その場合の語感はどんなものか。つまり、吉沢が竜舌蘭をイタイタノクサと呼ぶときは、テレていっているのか、おちゃらけて、話を面白くしたいような気味でいっているのか、しゃれたつもりなのか、竜舌蘭が幼児に危ないというので幼児語めかしていっているのか、そのへんの真意がつかめないのである。それともイタイタノクサは吉沢の造語なのか。自由自在に造語する所に関西弁の特徴があると思うのだが、造語だとすると、造語するときの吉沢の語感がどのへんにあるのか、それが江分利にはよく分らない。

江分利が時折関西弁をつかうことは、すでにお気づきのことと思う。東京に生れ、ほぼ東京で育った江分利に関西弁がまじるようになったのは、東西電機入社以後のことである。

株式会社東西電機の発祥の地は大阪であり、本社が東京に移ったのは戦後間もなくの頃である。つまり大阪資本であるが、ここ数年来の弱電気ブームに乗ってにわかに拡張され、仕事が派手になり、江分利の属する宣伝部の比重が重くなってきたりしたが、戦前は京阪神では中堅所の地味な機械製作所だった。従って戦後のある時期までは殆《ほとん》どの社員が関西出身であり、拡張につれて各支店・出張所で現地採用が行われたりして、現在では3分の1弱が関西以外の出身ということになろうか。ただし社長以下全重役および部長・工場長・研究所長クラスまでは1人残らず関西人で、次長クラスで3名、課長クラスで5分の1ほどが関西以外の出身という比率である。東京出身はこの2、3年の新入社でめだって多くなってきたが、それでも50名に満たない。30歳以上の東京出身者は、すべて特殊技能を買われた途中入社である。江分利もそのなかの1人であるが、これらの東京出身者は本社・出張所にばらまかれるから、東京本社勤めといっても入った当座は異邦人の如き感があった。

関西弁では苦労した。

ある時、次長が江分利を呼んだ。

「江分利君、この時計なおしといてくなはれ」

と次長の背後のロッカーのうえのウエストミンスターを指さす。代理店主催の広告賞で貰った置時計で、どういう加減か貰った時から動かないのは江分利も知っていた。しかし時計をなおせといわれても機械に弱い江分利は、腹のなかに棒を呑んだような気分になるだけだ。（ムチャいいよる）と思うのだが、広告賞で貰った賞品などは会社の備品にはならぬので、時計屋で修繕させるとなるとやっかいな手続きがいる。総務課を通さねばならぬ。備品としての登録をせねばならぬ。

「こんなショムナイ時計、早うなおしときなはれ」

次長のいうのは、江分利自身でなおせというのか、総務課を通して時計屋になおさせろというのか、それとも、自腹をきって時計屋へ持っていけというのか。江分利は咄嗟《とっさ》には判断がつかない。

「は?」

その時、次長の隣りの席の課長が笑いだした。

「江分利君、なおす、というのはね、かたづける、しまうということなんだよ。地下の倉庫へでも持っていったらどうですか」

新発売のトランジスタ・ラジオを見に大阪工場へ出張したことがある。江分利は広告撮影用として、見本の品を1台あずかることになった。

「江分利さん、撮影終りはったら、保管しとくなはれ」

と工場長はいう。新製品には特に神経をつかう。江分利の手から秘密が洩《も》れては馘首《かくしゅ》という事態が起りかねない。江分利は東京のスタジオで撮影をすませて、厳重に包装して、鍵《かぎ》のかかるひき出しにそれを保管した。

半年たって工場長が上京した。例のラジオはもう小売店にならんでいた。江分利が

「工場長、いつかおあずかりしたT2286の件ですが、あれからずっと保管していますが、もうよろしいでしょうか」

とたずねると、工場長は怪訝《けげん》な顔つきをする。

「しかし、保管しろとおっしゃったんでしょう」

「保管？」

「保管しとくなはれ、というようにおっしゃったでしょう」

とたんに工場長がふきだした。彼がいったのは（ほかしとくなはれ）つまり捨ててください、こわしてください、という意味あいだった。撮影用の見本の品だから、内部には不完全なところがあって、もしそんな製品がなにかの拍子に市場に流れたりしたら大事である。東西電機の信用問題になる。だから、かまいませんから撮影がすんだら、こわして打遣《うっちゃ》ってくださいというような意味あいだったらしい。

†イノキヨル

入社して1年たつと、江分利も関西弁に馴《な》れてくる。自然に自分の口から出たりする。

「飲もか」

「行きまひょ」

「行こ」

「あこのかどっこのサントリーバーがええなあ」

「ええ娘《こ》がおるなあ」

「お前惚《ほ》れとるのとちゃうか」

「せやせや」

といった具合である。

東京弁で
「どうも血圧が高くてね」

とやると深刻な感じだが
「あかん、けっつあっちゃ」とやられると、病気でないみたいなおかしさがある。

へんねし（ジェラシー）や、ねき（近所）などという言葉も面白い。

江分利の好きなのはイノキヨルである。江分利の語感でいうと、たとえば蟇蛙《ひきがえる》みたいなやつがジッと蹲《うずくま》っていて、動かない。暫《しばら》く見ているうちに、目玉をキョロッと動かす。また暫くして、右前肢《まえあし》、左前肢をそろっと動かす。

「ははあ、こいつ、イノキヨル」

となるのだが、生粋《きっすい》の大阪っ児にいわせるとそうじゃないという。たとえば事故で電車が停《とま》っている。仕方なくて線路づたいに多勢の乗客が降りて歩く。電車が何台もとまる。ところが、突然電車が動きだす。しまった、降りるんじゃなかった。

「やあ、イノキヨル」

となるのだそうである。つまり（ちぇっ動きやがる）に（去って行く）を加味したようなあんばいなのだそうだが、江分利の感じ方ではイノキヨルは小動物で動きそうもない奴が動くという以外には通じない。だから、江分利には関西弁はほんとうには分っていないということになるのだろうか。

関西弁を面白いと思う反面、江分利が時に異和感を感ずるのも当然のことだろう。渋谷・日比谷を目黒と同じように、頭高に発音されることや小川町を小川チョウとよまれる不快さにはもう馴れてしまったが「薔薇《ばら》の木に薔薇の花咲く何事の不思議なけれど」を関西流にバラのバにアクセントを置かれると、ちょっといやな気がする。これはまあお互い様ということだろう。江分利の関西弁を不快に思う大阪人だっているだろう。

ただし、関西人で、関西弁に多様性があり、ユーモラスであり、従って関西人の方が文化的に高いと主張する人があるが、これはどうか。

多様性といっても、江分利にはあまりにも幼児語の延長が多すぎるように思われる。イタイイタノクサやイノキヨルがそれであり、オカン（お母さん）オバン（おばあさん）もそうだ。もっとも、これらの言葉が果して幼児語であるかどうか正確には分らないが（イタイイタノクサはむしろ感覚的表現か）江分利が幼児語的に感ずる表現、つまり舌たらずに、なまぬるく感ぜられる「言い換え」が多過ぎるように思う。饅頭《まんじゅう》をオマン、座蒲団《ざぶとん》をオザブなどの船場言葉も、江分利には上品な表現とは受けとれない。

ラッシュアワーの大阪駅で、電車に乗ろうとしてうしろから押している人が「入れたれ、入れたれ」と叫ぶ。これは他の人を乗せてやれというのではなく、どうも自分を乗せてくれという意味らしい。自分を第3者的に表現したり、間接的に言ったりすることがある。営業部員が小売店でソロバンをはじきながら「もうちょっと、いろをつけたっとくなはれ」などという。この人にいろをつけてやってください、という言い方であるが、この人とは自分のことである。(自分を第3者的に表現できるのは大阪人の文化程度が高いからだという人もある)

滅茶苦茶にする、というのをチャチャムチャャにしよるという。

略語が多い。日本橋一丁目を日本一、上本町六丁目を上六、天神橋六丁目を天六、梅田新道を梅新などという。東京では銀座四丁目を銀四とは絶対に言わない。銀座八丁目を銀八とはいわない。銀座で銀八といえば焼鳥屋のことである。新宿で銀八といえば寿司屋のことである。アルバイトをバイトといったり、卒業論文を卒論といったりする略語一般を好まない江分利は、殊更《ことさら》に異和感を感ずる。

言葉が豊富であり、言い換えがたくさんあり、ひとつの言葉にいろいろな意味があり、微妙なニュアンスを持つ言葉(たとえばイノキヨル)を造っていくということは、たしかに文化的(イヤな言葉だね)だということもできるかもしれないが、一方、正しい言葉、モトの言葉をできるだけ保存しよう、くずすまいという態度(だから東京弁は固く直線的になり、切口上になるが）が文化的でないということにはならないと思う。関西弁が喜劇的であり、言葉そのものがユーモラスであることは認めるが、関西人はだからユーモアを解し、喜劇的センスがあり、従って関西人の方が文化的に高いという説も強引すぎるようだ。

喜劇的センスの例証として、関西喜劇の優位を持ちだす。たしかに今の喜劇は関西勢（とくに松竹新喜劇）に押しまくられている形だ。江分利もテレビの舞台中継は松竹新喜劇を見ることが多い。しかし、だから関東側に喜劇的センスがないとは思わない。戦争前に飯沢匡《ただす》さんが文学座でやったお芝居は面白かった。ロッパの兵隊ものは面白かった。浅草時代のエノケンは威勢がよかった。山本嘉次郎さんのナンセンス映画は面白かった。ムーランルージュというのもあった。戦後でも初演の「モルガンお雪」は面白かった。いま関東側の喜劇が劣勢なのは、何か別の要因（たとえばギャランティの問題）があるような気がしてならぬ。

松竹新喜劇の面白さは、生活感情（特に貧しい日本人の）をよく把《とら》えているところにある。そしてサービス精神の旺盛《おうせい》なことだ。たえず笑わせようとする。ノッケから笑わせようとして熱演する。松竹新喜劇を見にいけばまず入場料分だけは笑わせてくれるという安心感がある。これはよいことだ。しかし、あの古さ、あのクスグリ、あの泥臭さ、あのシツッコサはもう限界にきている。一堺漁人や館直志や茂林寺文福の作では笑えなくなる時代がそこまできている。

三遊亭円生さんは「大阪はニガテです」という。「くどく演《や》らないと受けません。しつこくやらないと笑ってくれません」という。

六代目の芝居や踊りは同じ演物《だしもの》でも日によって面白いときとつまらないときとがあった。六代目は毎日をサービス精神で通すということができなかった人のように思われる。しかし先代鴈治郎《がんじろう》はいつ見ても鴈治郎であったようだ。

ダイマル・ラケット（関西ではダイラケというが）の漫才にこんなのがある。

「船員になったんや」

「マドロスか？」

「マドロスパイプや」

ここでどっとくる。このやりとりはおかしいか？　おかしいのである。どこがおかしいか？　江分利には、まず船員になったと聞いて、いきなりマドロスかと聞きかえす所が面白い。マドロスという発想が面白い。次に全体のほんわかとした感じがおかしい。ところが大阪人にいわせると、マドロスパイプというシャレがおかしいのだと言う。マドロスパイプというシャレは江分利にはシャレになってないように思われる。駄洒落《だじゃれ》である。

東西電機でもやたらに駄洒落をとばす。宴会は駄洒落の応酬で活気がある。しまいにワケがわからなくなってくる。みんな笑いころげる。涙を流して笑う。江分利も一緒になって笑いたいのだが、どうも駄洒落では笑えない。オツにすましていたいとか上品ぶりたいとは毛頭思わないが、駄洒落の連発がはじまると席をはずしたいような気分になる。関西人が駄洒落をとばすのは、楽しくやりたい、座を愉快にしたいという善意以外のものではないのだが、江分利はなんとなく恥ずかしいような気分になってしまう。江分利は、シャレは連発すべきものではなく、あるとき不意に浮ぶべき性質のものだと思うのだ。それに駄洒落はあまりうまくでき過ぎるとかえってつまらなくなるという妙なところがある。駄洒落は強引に無理につくって、やり損《そこな》うという位がちょうどよい。

東西電機の宣伝部に、一時、酒井と坂井と境の3人のサカイがいて、電話のうけつぎなどで混乱が起きるということがあった。

課長が

「サカイが3人でミサカイがつかんわい」

としゃれたことがある。これなどは、駄洒落としてはうまくでき過ぎていて、理詰めすぎてかえって面白くない。

それなら、どういうシャレが江分利には面白いのか。

石油ストーブにあたっている男がいった。

「あったけえな。まるで火のそばに来たみてえだ」

壁と壁とが喧嘩《けんか》した。一方の壁が一方の壁に言った。

「スミにひっこんでいろ！」

宣伝会議で、新型冷蔵庫の宣伝方法が問題になった。奇策でいくか、オーソドックスでいくかがまず問題になった。部員のそれぞれのアイディアを聞いたあとで部長が決断をくだした。その時、部長はオーソドックスに、まともな説得広告でいこうと考えたのだが、ウッカリ

「よし。正常位でいこう」

と重々しい声でいってしまった。

江分利の面白がる洒落と関西側の洒落との相違を分析するのはむずかしいが、江分利を含めた関東側の洒落には何か刻薄非情の趣があるようにも思われる。

異和感は言葉のことだけではない。気質的な相違もある。たとえば東西電機の課長クラスの人とタクシーに同乗したとする。東京出身の課長は決してタクシー代を払わない。課員に払わせる。関西出身の課長は自分で支払う。どちらがよいというわけではない。どちらがよいという話になれば、関西側の方が正しい。なぜなら、課長は出張その他の

特殊ケースを除いて交通費の伝票をきるわけにはいかない。課長は会社の車に乗る権利があるのだから。会社の車を出さきによぶ時間がないとき、タクシーの方が便利なときにはタクシーに乗る。この支払いは当然課員が支払って伝票清算すべきだ。だから関西側の方が合理的であり、会社員としての正しい処置といえるだろう。(勿論《もちろん》、部長クラスは財布を出して小銭を出して、というようなことは止《や》めた方がいい)これに反して東京側は非合理であり、見栄っぱりであり、権力主義的である。理窟《りくつ》はそうなのだが、江分利はこんな所にも何か異和感を感ずる。東京出身にくくみしたいような気分になる。(江分利のいけない所なのだが)

食事のことにしてもそうだ。最近はそうでもないが、2、3年前までは江分利は銀座で食事するとなると、表通りの資生堂パーラーとか不二屋とかへ入ってしまう。裏通りでも古い店しか知らない。ところが東西電機の社員(大部分が関西人)は、銀座の裏通りのウマイモノ屋に関しては、東京で育った江分利よりはるかにくわしい。安くてうまい店(資生堂や不二屋を高くてまずいといっているのではない)をすぐ、みつけてくる。コマメに探す。うまいと聞けばすぐ行って食べてくる。江分利はどうもそういう気分になれない。たとえばカレーライスが20円がた安い、肉が厚切りであると聞いても、それだけのことで行きつけの店を換える気がしない。保守的であり不精《ぶしょう》である。関西側はよく料理に注文をつける。持ってきようが遅いといってボーイを呼びつける。ほんとうは、その方が店に対しても親切なのだ、とは思うのだが、江分利の場合はアキラメがさきにたつ。（おれの選んだ店だ、廻りあわせだから仕方がねえや）江分利は、まず寿司屋なら魚河岸《うおがし》の寿司政か銀座の小笹ずし、中国料理なら田村町の四川飯店、洋食なら新橋のブルドックか資生堂、そば屋なら麻布の更科《さらしな》総本店しか行かない。バーは例外である。なぜならバーを1軒にきめたら梯子酒《はしござけ》ができないではないか。それでもブルー・リボンとトンちゃんが主体となる。バカバカしいと思うこともあるが、気性でどうしてもそうなってしまう。関西側の方が合理的であり発展的であるように思う。

江分利が入社したときの直属の係長は、気さくで剽軽《ひょうきん》で仕事熱心で開放的な人物だった。社内のことは残らず知っているし、重役室へも平気で入っていく。江分利は、この人物は中学卒業ぐらいで、つまり丁稚《でっち》から叩《たた》きあげたようなタイプの社員だと思っていた。ところが後になって、彼が三高から京大を優秀な成績で卒業していることを知って驚いた。他にも阪大や神経大を出ていて、実に腰の軽い、愛社精神に富んだ人物がいるのを知った。東京生れで、日比谷高校から東大や一橋を出たような会社員はこうはならないように思う。ちょっと頭が高く、懐疑的で、閉鎖的なのが多い。

どうも一般的に関西人が楽天的で合理的であるのに対して、関東側は陰性で見栄っぱりで閉鎖的であるように思われる。

言葉がちがうということは、会社勤めのうえで困ることもある。関西弁のように含みが多いと真意がつかめなくて、仕事上で江分利は戸惑うことが多い。（だから商売上のカケヒキには便利なこともあるのだが）また、逆に江分利としては丁寧にいったつもりの江戸弁が、妙に切口上に固苦しく、きつく受け取られることもある。（なんや、偉《え》らそうに）と先方は思ってるのかもしれない。

あるとき江分利はバーで大阪から出張してきた営業部の課長補佐に会った。話をしているうちに、突然向うが、ポソッと「なんかしてけつかる」という。

はじめは分らなかったが、次第に相手が江分利に対して腹をたてていることが分った。「なんかしてけつかる」は、関東風にいえば「この野郎。何を吐《ぬ》かしやがる」だったのである。

一番困るのは、東京に対していわれのない劣等感を抱《いだ》いている関西人だ。妙に関東風に粋《いき》がったりする。東京方の意見には無条件に賛成する。噺家《はなしか》の誰それを崇拝して、ジメジメした横丁に住みたいなどといいだす。

「落語をききにいく」といえばよいところを、無理に「ハナシをききにいく」といったりする。このハナシが関西風のアクセントだから滑稽《こっけい》になる。そのくせ宵越《よいご》しの銭は持っていて定期預金にいれるのだからしまつがわるい。

†大発見

東から西へ、西から東へ、東西電機では出張、交流が実に激しい。江分利のようなカケダシでも月に1度か、2月に1度は必ず大阪支店へ出張ということになる。夜行で行って、朝着いてすぐ会議になり、その日の夜行で帰ってくることが多く、これを社員はトンボ返りと称している。

旅慣れない、旅行が好きでない江分利は、はじめ眠れない2等寝台に苦しんだ。東京から大阪まで、名古屋以外の駅は全部知っていたというようなことが多かった。たいていは東京駅を21時40分発の「彗星《すいせい》」に乗るが、発車間際《まぎわ》まで飲みつづけることにしている。バーへ行って発車時刻を告げてから飲みだすのである。これだと眠れないということはない。ウイスキーのポケット瓶《びん》はいつも持っているから、飲みたりないときは、また飲む。寝台にあがるときは泥酔にちかい。

大阪行の夜汽車がガタッと動きだすと、トタンに車内が関西風になるから妙なものだ。食堂車があれば江分利は必ず一度は顔を出す。低血圧でフラフラすることがあるので、顔馴染《かおなじみ》をつくっておきたいという魂胆も多少はある。混んでいるから合席が多い。

「これでなあ、食堂車のシートがいくつあると思う？」

「ひい、ふう、みい……ええと、よんじゅうごおや」

「45で1人平均300円食ったとして、まあええところ2交替や、2万7千円の売上げちゅうところかなあ。往復で5万4千円か」

「朝めしもあるでぇ」

「せやなあ、売子も歩いとるから、まあ、ええとこ10万円やな」

「ええ所やろなあ」

「月に3百万円ちゅう計算や」

「ねえちゃんが3人にコックが2人で、給料が15万から20万円ちゅう見当や」

「仕入れを引いて純益が70万から80万円。わるい商売やないでえ」

「しかしやなあ、そのために、こないな車輌《しゃりょう》1台余計にひっぱってやで、そんであうんやろか」

「そこや、あてもそこがどうなっしるか、よっしゃ、いっぺん聞いてみたろ」

「それよりなあ、わたしが考えましたんは、汽車にアンマ乗っけたらどやっちゅうこっちゃ」

「なるほどなあ、そらええ考えかも知れんなあ」

「2等寝台は駄目でっせ。しかし、1等の下段はいけまんなあ」

「おもろいなあ、なんでやらへんのやろ」

「とっしょりが喜びまっせ。それとな、もうひとつアイディアがあるねん」

「へえ」

「散髪屋乗っけたらどやろ」

「これもおもろいなあ」

「朝、大阪駅へ着きまっしゃろ。構内の散髪屋はもう満員や。それにやで、皆はん急ぎの用で夜行に乗りはるさかいに時間が助かりますわ。ピーンとええ恰好《かっこう》して会議に出て見なはれ、そうらよおけ立派に見えますわ」

「さいなあ、なんでやらへんのやろ。食堂車つけるよりよっぽど気がきいとるわ」

「ところが、こいつがアカンのや」

「なんでえなあ?」

「あても、よお考えてみたんや。こりゃあかん。汽車が震動するさかい、カンジンの剃《かみ》刀《そり》がつかわれしめへんのや」


寝台車の向い側、あるいは同じ列に女性の客がいるのは色っぽいね。顔を見ないで脱いである靴だけみると、余計に色っぽい。

いったい、女は、どうやって2等寝台のなかで服をぬぐのかね。男だって大変だけど、まあ男子服はセパレーツだからいい。女性のピタッと身体にくっついたウール地のワンピースなんかを寝ながら脱ぐのは大変だろうな。もぞもぞっと肢《あし》の方へ移動して脱殻を残すように服を残すのかね。

婆さん連の団体に出くわすのもユーウツだね。おしゃべりだし、朝が早い。聞いているとその婆さんの縁戚から町内の道路工事のことまで分ってしまう。(時にミカンをくれたりするが)

中段と下段で手を握りあってる若夫婦なんてのは可愛いね。こっちまで切ないような気分になってくる。

携帯用のスリッパなんか持っている変に旅擦《たびず》れした奴はイヤダネ。朝なんかステテコで歯ブラシをくわえたまま歩いている。大きな顔をしているからね。ボーイを「にいちゃん」と呼ぶよ。

2等寝台で江分利は発見をした。

ある朝、顔を洗って席へ帰ってくると、隣りあわせた5人が、チラッチラッと交互に江分利の顔を見る。

ジロリとにらむのもいる。江分利の顔を見てからヒソヒソ話をする夫婦者もいる。咳《せき》ばらいして顔をそむける者もいる。睡眠不足で目を充血させた受験生らしいのもあからさまにイヤな目つきを飛ばす。

そういえば、前にもこれに似た経験が何度かあった。なぜだろうか？

江分利は不安で不快である。

その原因が分ったのだ。最近、柳原と同じ列車で出張して、翌朝、顔をあわせるなり彼は江分利にいった。

「君、すごいイビキだね、寝られやしない」

江分利は泥酔すると大鼾《おおいびき》をかくらしい。なるほど、翌朝は鼻腔《びこう》の奥がかわいたような、疲れたような感じである。

夜行列車で熟睡を必要とする方は、なるべく彗星号を避けることがのぞましい。

カーテンの売れる街

†公園で何をするか

江分利たちの社宅は、東横線渋谷駅と桜木町駅のちょうど中間、渋谷から行くと多摩川を渡って3駅目の所から北へ10分ほど歩いた位置にある。東京都大田区と横浜市港北区にはさまれて帯状に細く北へのびた川崎市のやはりまん中へんであるが、住んでいる感じとしてはあくまで、渋谷と横浜の間である。

従って、休日にどこかへ遊びにいこうかというときに、東横線で桜木町へ出て、野毛山の動物園か外人墓地を散歩して、元町でショッピングをして、喜久屋でお菓子を食べ、南京街の海員閣で食事をして、山下公園へ出て、ニューグランドホテルでお茶を喫《の》みながら船を見ようというプランと、逆に渋谷へ出て車で小石川の植物園（おそらく現在は文京区の東大理学部付属植物園とでもいうのだろうが）へ行き、団子《だんご》坂《ざか》を抜けて谷中墓地を歩き、浅草で食事、または浜離宮庭園で遊んでから銀座を歩き魚河岸《うおがし》で寿司を食べ

るというようなプランとに迷うことがある。ついでながら、江分利は滅多に映画は見ない。映画を見るくらいなら公園を歩く。公園ならどこでも有難い。何故《なぜ》公園が好きかといわれても、それがよくわからない。それなら自然とか植物が好きかというと、そうでもない。登山・温泉・景勝地・旅行などすべて嫌《きら》いである。公園なら、さんざんに荒らされてしまった日比谷公園でもよい。日比谷公園の各入口の門の名はすべて諳《そら》んじている。日比谷公園には無名門という名の門があるのをご存じか。公園なら小田原町3丁目門跡橋の20坪位の酔っぱらいが立小便をするためにあるような公園でも気になって仕方がない。あそこのブランコにはまだ乗ってないな、という心残りみたいなものが始終頭を離れぬ。いったい何だってあんな所に公園をつくったんだろうか。町内のオジサンたちが集まって「ええ、どうもお忙しい所を……実はほかでもねえんですが、餓鬼どもの遊び場がねえってことは今日日《きょうび》の大問題ですが、私《あし》たち魚河岸の野郎は餓鬼の面倒見ることが出来ねえもんでやんすから……さいわい、お寺様の土地てえものが……あ、どうぞ皆さん、おたいらになすって……米《よね》さん、今日はマジメな会《けえ》だから酒はでねえよ」とやたらに恥ずかしがりながら、煎餅《せんべい》とバラのキャラメルが一緒盛りになったやつを食べながら、ブランコが幾ら、スベリ台が幾ら、ジャングルがいくらと計上して造ったのだろうか。折角造ったのに子供たちはちっとも利用しないでテレビばかり見ているので、それがまた役員たちの頭痛の種となっているのではないかと様々なことが気になって仕方がない。映画館は欲得ずくで建てられるが、公園は小さければ小さいほど、善意のよりあいみたいな趣がある。公園はアホラシイところがある。無意味の意味みたいなところがある。江分利は公園に行って何をするかというと、ベンチに坐って茫然《ぼうぜん》としてウイスキーのポケット瓶《びん》を飲むのである。酒の持込みを禁止されている公園ではかくれて飲むのである。終始ニコニコしている。こんなに機嫌《きげん》のよい江分利を見たことがない。思索にふけっているように見えることもあるが、実は、何も考えていない。そして、遊んでいる夏子と庄助を眺《なが》めるのである。俺《おれ》は何もしてやれなかったナと思い、仕方がねえやと呟《つぶや》きながら飲むのである。アベックや家族連れを眺めるのである。公園で気にいらないのは園丁だか警備員だか知らないが、やたらに規則をふりまわす奴等である。公園に遊びにくる人に悪人はいないと思うのだが、やたらにうるさい。江分利は映画はきらいである。どんなに評判のよい映画を見てもシラジラしい気持になる。20代の人に映画と推理小説は嫌いだと言っても信用されないので、彼等にとって映画と推理小説は必需品みたいになっているので信用されないのだろうが、だから言わないことにしているが、嫌いだということはウソではない。ついでながら夏子の死んだ父は小学校を出ただけで、字もロクに読めなかった人だが、猛獣映画だけは欠かさず観《み》に行っていた。何故かこれが映画に対する正しい鑑賞態度だという気がしてならぬ。ついでながら（シッコイね）江分利の好きなのは公園と運動会と赤ん坊とライン・ダンスである。運動会があるとどうしてもちょいとのぞいてみようという気になる。運動会のどこがいいかというと、運動会なら全《すべ》ていいのであるが、なかでも一生懸命なのがいい。体操の先生なんか、白いズボンをはいてはりきっちゃってるからね。女の先生も普段よりちょいと濃い目の化粧で、そうはいっても先生だから化粧が下手で、口紅なんかはみ出しちゃって、頬紅なんかもつけ過ぎちゃって女金時みたいになっているところが、実にどうも色っぽい。そこへもってきて鉢巻《はちまき》しちゃって声も上ずっているから、なんとも凄艶《せいえん》とでもいうより仕方がない。校長だっていろいろ気をつかうからね。青年団で借りたテントの中にいても怪我人が出ないように、PTA会長にジュースが出てるかどうか、ずいぶん心配しているんだ。父兄席。これが泣かせるね。金持の学校もいいし、貧乏人の学校もいい。金持の学校ではミンクのコート着たのが、絶叫してるからね。どうかして我が子を1等にしたい、つつがなく上級の学校へやりたい、先生にもこの機会にご挨拶申しあげたい、どうしてうちの子のパンツはあんなに汚ないんだろう、体操服で寒くないかしら。とにかく夢中だ。貧乏人の学校はコンクリートの上に茣蓙《ござ》敷いちゃってね、重箱持ったお婆ちゃんや、菜っ葉服にドテラで末の子を負《おぶ》った父ちゃんや、パーマかけた母ちゃんが震えながら応援してるなんざ、涙だね。校庭は狭く校舎で日陰になるから、あんな寒い所はない。「あら、遠山さんのお嬢ちゃんの可愛いこと」と口では言いながら目は我が子だけを追っている。そこへ赤鉢巻のうす汚ない子が当日は主役だから横柄な口調で「ちぇっ！　オムレツはもうねえのかよ」なんか言いながら、ノリ巻をひとつ取って駆《か》けてゆく。運動会にオムレツという感覚が実にシャレていると思う。勿論、生徒たちは上気している。ひそかにサロメチールを用意をして肢《あし》に塗っている抜け目のない子がいる。これで肢が軽くなると信じているわけだ。小遣銭《こづかいせん》に不自由してる子は、医務室に忍び入ってヨーチンをぬってくるから、いかにも勇ましい。速そうに見える。もっと貧しい子はグリコだ。１粒３００メートルだから３粒も食べれば必勝疑いなしと信じているから健《け》気《げ》なもんじゃないの。江分利は小学校時代、家がひどく貧乏していたからよく分る。江分利はサロメチールを買ってくれなんか言わなかった。弁当もいつもと同じアルミの弁当箱だった。オカズは牛蒡《ごぼう》かイカを甘辛く煮つけた奴だった。金持の子はコンビーフの缶詰《かんづめ》なんか持ってやがる。柿に初物の青い蜜柑《みかん》なんか持ってる。まあ、たいがい誰かが何かをくれたけどね。とにかくみんな一生懸命なところがいい。つぎに運動会のどこがいいかというと、古風なところがいい。およそ、運動会ぐらい昔と変らぬものはない。十年一日というが、江分利の子供のころのと今のと全然変っていない。赤組・白組、赤帽・白帽、赤鉢巻・白鉢巻、木綿の体操服、足袋跣《たびはだし》という服装もそうだし、遊戯・徒競走・スプーンレース・毬《まり》入れ・２人３脚・障害物競走・騎馬戦・棒倒し・帽子取というプログラムまでそっくり同じである。個々のゲームの仕方まで実に古式豊かなものであって、毬入れの赤組と白組の点の数え方は、両方で毬を出しながら「ひとおっ、ふたあつ」と数えるのであるが、そのアクセントまでちっとも変らないし、障害物競走に使う梯子《はしご》抜けや網くぐりも同じだし、騎馬戦でしずしずとあらわれる時の曲はいまだに「吉野を出でて打ちむこう、飯盛山《いいもりやま》の……」と『四条畷《なわて》』である。入場門・退場門というシツラエも同じだし、徒競走の賞品はノートに鉛筆ときまっている。高潮場面に流す音楽はオッヘンバッハ作曲『天国と地獄』とロッシーニ作曲ウイリアム・テル序曲のうちの「嵐」と、「スイス軍の行進曲」。昼食のときは『ウイリアム・テル』の「夜明け」と「静寂」である。何時《いつ》の代にも改革者といわれる人物がいるものであって、江分利の小学校時代にもそういう教師がいて、新しくバスケットのボールを股《また》にはさんでピョンピョン飛びながら走るというゲームを考案して、先生方にやらせたがこれはマズかったね。女の先生なんか途中で真っ赤になって立往生しちゃった。古式豊かという点では相撲などと足もとにも及ばない。何だねえ、6場所制とは。運動会は1年1回きりだよ。どだい緊迫感がちがう。そのつぎに運動会のいいところは、どことなく不条理な点がいい。運動会はなんといっても徒競走がサワリであるが、校庭は狭いからカーブが多く、号砲一発駈けだして最初のコーナーでハナに立ったら容易に抜けるものではない。ワッと歓声があがって、出遅れて、うしろについたらもうそれっきり、畜生！ 俺はあいつより速いはずなんだがと思ってももうダメなんで、ゴールへまだ20メートルもあろうというのにもう次のレースのピストルが鳴って、ワッと歓声があがって、もうこっちなんか見てくれない。あのときの実になんとも口惜《くや》しいような情けないような、椎《しい》の実みたいな睾《こう》丸《がん》がちぢみあがるような、男の敗北の辛さ悲しさが全身を貫くような。あれは人生だね。ドラマだよ。ゴールで3等の旗持ったお姉様に摑《つか》まえられてしまう、無念、屈辱感。江分利などはこの敗北感が一生つきまとっているような気がしてならぬ。そうこうするうちに6年生の人間ピラミッドが終ると、秋の日は釣《つる》瓶《べ》落し、最後は呼物の赤白対抗リレーである。各学年の花形だから、声援もひときわあがり、そうなると見物席も乱れて、環がちぢまって、走者と顔を接するばかりとなる。ただ夢中、ただ昂《こう》奮《ふん》。そして必ずっちかが転《ころ》ぶんだなあ。「あら可哀そうに三島屋のケイちゃんだよ」三島屋のケイちゃんは立ちあがって膝《ひざ》小《こ》僧《ぞう》から血を出して力走するんだ。拍手、感激。これ以上の感激が世にあろうか。大差でもって赤組の勝ち。号砲が鳴って虚脱感。とたんに便所へ行きたくなる。明日は疲れ休みだ、今年も、白組は負けたのである。いいねえ、運動会は。ついでながら、最後に何故江分利は赤ん坊が好きかというと……いやこれはいつか書こう。ただ、なんとなく公園と運動会と赤ん坊とライン・ダンスはどこかでつながっているように思うのだが……

†街の匂い

さて、江分利たち東西電機の社宅は、東横線渋谷駅と桜木町駅のちょうど中間、南北に細く帯状にのびた川崎市のやはり真ん中へんに位置している。

川崎市の名産は何か。無花果《いちじく》である。無花果はどういう土地にできるか。わるい土地にできるのである。もし、それが川崎市でないとしたら、無花果はたいてい日の当らない裏庭に植えるのである。裏庭に隆々と茂り大きな実をつける無花果とは不思議な植物ではないか。

江分利家の庭の土質は全《すべ》て赤土と粘土である。粘土であって水はけが悪いということは、雨がふるとビショビショになって乾きが悪いということである。赤土が多いということは、晴天が続くとカサカサに乾いてしまって、ひどい土埃《つちぼこり》が立つということである。地面がすっかり乾いてしまって、そのくせよく見ると表面にうっすらと苔《こけ》が生えているというようなことになる。

江分利は、深々と黒っぽい土にあこがれる。さわやかな砂地にあこがれる。


1週間も晴天が続くと、卓袱台《ちゃぶだい》も仏壇も埃をかぶる。そこへ大風が吹いたりすると濛々《もうもう》たる土埃で、天が暗くなる。百メートルさきの風呂屋の煙突が見えなくなる。干物はとりこまねばならぬ。空地のなかの建売り住宅で空家が1軒ある。3人か4人住んでみて、すぐ引越していった。何故かというと、ポツンと1軒建っているので特に埃がひどい。奥さんが乳幼児を寝かしつけて買物にいって帰ってきたら、赤ん坊が全身埃をかぶって寝ていた。そうして赤ん坊の鼻息が当る部分だけ、わずかに埃がなくてフトン地が見えたという話もきいた。そこだけはいまだに買手がつかぬ。それほどヒドイ。これは、ひとつには附近に大学や中学のグラウンドもあって、そこから土埃が舞いあがるためでもある。(大学ではグラウンドに芝生を植える約束をしてくれたそうだ)

江分利たちの家の周囲に、ぞくぞくとアパート式の社宅が建ちはじめた。日立造船、丸善石油、東芝、日航、住友系某社、ナントカ毛織、ナントカ製作所……みるみるうちに巨大なアパート群が建ち、空地がつぶされ、田圃《たんぼ》が買いとられてゆく。はやりの団地アパートも建つ。

渋谷駅へも桜木町駅へも20分、工業都市の川崎駅へ25分。日吉の慶應、武蔵小杉の法政という文教地区でもあり、東横沿線という一種のムードもある。商事会社も京浜の工業会社もここに狙《ねら》いをつけるのはムリもない。それともうひとつは、いまの求人難と住宅難である。美麗な独身寮、結婚したら団地アパート式社宅というのは誘致策として甚《はなは》だ当を得ている。

この界隈《かいわい》の、買物時の賑《にぎ》わいといったらない。ひところの中央沿線、高円寺・阿佐ヶ谷・荻窪の活況に近づきつつある。魚屋、肉屋、八百屋がウソのように儲《もう》かる。肉屋がシッカリためて、そこでまたアパートを建てたなどという話もきく。

カーテン用布地が飛ぶように売れる。親の家や、下宿さきから、新築のアパートや社宅へ移ったときに真っさきにいるものはカーテンである。窓の多いアパートやテラスハウスでカーテンがなかったら裸同然である。この頃の建物には雨戸というものがないからだ。

カーテン用布地が飛ぶように売れるのは、そういう建物がやたらに建ちはじめた証拠である。

従って幼稚園や小学校は忽《たちま》ちふくれあがる。そこでも増築がはじまる。いまや、庄助の学校では、土地の子供と社宅の子供がちょうど半々であるという。1学級60名が6クラスもあるという。

どういうわけか、薬屋と床屋がやたらに新規開店する。江分利の家から駅へ行くまでに薬屋が6軒、床屋が5軒ある。どういうわけかラーメン屋と寿司屋以外の飲食店が出来ない。食べ物屋は概してまずい。即席ラーメンとインスタント・コーヒーが売れる。

食料品店、雑貨屋、荒物屋、クリーニング店、洋品店、本屋、文房具店が建つ。まるで西部劇にでてくる開拓地の様相である。

しかし、店屋の底の浅いことは驚くべきものであって、たとえば帽子掛けを買おうと思って雑貨屋か荒物屋へ行っても、どこへ行ってもセルロイドだかポリエチレンだか、

2箇15円のと1箇5円のとの2種類しかない。これでは客が来て、一寸《ちよつと》厚手のオーバーをかけると折れてしまうのである。どこの店もなにかヨロズ屋的であって、なんでも一通りは売っているが、たとえば御飯茶碗だけに限ってみると、その種類は実に貧しいのである。

クリーニング屋はノリをペタペタにつけてくる。本屋へ行って「新潮」をくださいというと「週刊新潮」を持ってくる。いえ「新潮」ですというと「小説新潮」を差しだす。そうじゃないただの「新潮」ですというとそんな本はありませんという。万事につけて素人《しろうと》くさい。商人としての権威がちっともない。東京の都心の本屋へ行って、たとえば、室生《むろう》犀星《さいせい》の本を読みたいんだといえば、バタバタッと10冊ぐらいそろえてくれる。おまけに『蜜《みつ》のあはれ』を指して、これは遺稿ですなんかいう。亡《な》くなる前に出た本が遺稿であるわけはないんだが、それはそれとして見識というものだ。本屋としては間違っていてもそれ位の見識は持ってほしい。東京で小刀を1丁欲しいと思って刃物屋へ行って物色していると、奥に坐った眼鏡《めがね》かけた隠居みたいなのが、旦那《だんな》こんなのはどうですといって、職人用の特別製を持ちだしてくれたりする。買う買わないは別としてショッピングのよさ、面白さはそこにあると思うのだが、ここでは、それがない。

自由ヶ丘あたりだってそうだ。自由ヶ丘夫人などという言葉もあって、大層のように聞えるけれど、買物の中心地みたいだけれど、専門店ということになると貧弱このうえない。奥にギョロッと眼鏡を光らせている主人のいる店なんてありはしない。老舗《しにせ》は全《すべ》て都心の出張所ばかりだ。

街に歴史がない。だから街の匂いというものがない。街の季節感なんてまるでない。飯場人足がうろうろしている開拓地だ。

たとえば、ある街に住んで、近所に一刻者だけどうまい職人のいる散髪屋があるとか、7時以後は水が悪くなるから冷奴《ひややっこ》は食わせねえなんかいう飲屋があるのはウレシイものだ。(余談だが、午前2時まで営業する有名寿司店など信用する気になれぬ) 江分利も麻布にいたときは、福吉町や西久保巴町《ともえちょう》あたりまで歩いて古道具屋をひやかしたり、ふいに思いたって車で銀座へアイスクリームを食べにいったり、12時すぎてから夏子と六本木のナイトクラブへ行って飲んだりしたものだ。それが、街に住む、ということではないか。

墨田区吾嬬《あずま》町とか中央区小伝馬町とか台東区竜泉寺町とか上野桜木町とか、豊島区雑《ぞう》司《し》ヶ《が》谷《や》とか千代田区一番町とか渋谷区羽沢町とか、まあどこでもいいけれど、それぞれ違った街の匂いを持っているのではなかろうか。街のたたずまいというものがあるように思われる。春なら春の、秋祭りが近づけばそれの、暮には暮の季節感というものが濃密にただよっているのではないか。駒込《こまごめ》神明町に住む人には神明様の祭礼というものがどこかにしみこんでいるのではないか。雑司ヶ谷の人は鬼子母神の境内のひんやりした空気というものを、たとえ年に1度しか行かないにしても肌《はだ》にしみこませているのではないか。

江分利が、東京麻布で昭和20年5月の空襲に遇《あ》って、あたり一面焼野原になったときにうけた最大のショックは、銭湯の横の10銭銀貨を2枚拾ったことのある細い抜け道が、あらわになって、平になって、つまり、なくなってしまったことだった。悪童連の溜《たま》り場であった抜け道のなかの1坪ほどの空地があらわになって、つまり溜り場が消滅してしまったことだった。

ここには空襲になって、焼野原になって惜しいと思われる「何か」がない。ヒッカカリというものがない。規格通りの建物が焼けても、あとに同じ規格品が建つだけだ。サムシングがない。

†ベッド・タウンへの道

つまり、江分利たちの社宅が建っている近辺は、勤め人がただ寝にかえるためだけの土地だ。北多摩郡田無《たなし》町、松戸市の一部、大宮市の一部なんかもそれではないか。

買物も遊びも食事も、その土地ではしない。町内の催しや近所づきあいもない。誰もが小金をためて、気のきいた所へ家を建てたいとねがっている。あるいは郷里へ帰るまでの一時的な住家だと思っている。みんなが逃げ腰だ。

江分利は川崎市のこの近辺に対する恨みをいだいているワケではない。いいことでいえば、市民税が安く水道の水がうまいうえに断水がないのが有難い。社宅自体についても文句はない。社宅とはこういうものだと思っている。昔者の大工の建てた平屋に住みたいというねがいは、ずっといだきつづけているが、そんなゼイタクが許されるはずがない。

しかし、また心中索漠《さくばく》の感がないとはいわれぬ。東京に育って、東京の街や公園が好きで、外国へなんか金輪際《こんりんざい》行ってやるもんかという江分利に、世界は山手線の内側だけあればよいと思っている江分利に、索漠感があるのは当然のことだろう。

江分利はナンダカンダ理窟《りくつ》をつけて、月に1度か2度は都内の旅館に泊る。それもワザと下町の和風旅館に泊る。すでに顔馴染《かおなじみ》になった旅館もある。仕事の関係でやむを得ず泊ることもあるが、たいていは寿司を食べたあとにコーヒーが飲みたくなるように、江分利はそれを求めるのである。夜中に目覚めてあたりがシンとしていると「ああ」と思う。ベッド・タウンと東京の下町の寝心地とを時に中和させる必要があるように思うのだ。おかしいことに、夜は下町の方がずっと静かなのだ。ここには発展というものがない。ここは心をしずめてくれる。

東西電機の終業は5時である。5時に帰ることはまず不可能で、早くて6時である。これから家まで1時間10分と思うと、うんざりする。ラッシュも辛いし、自分と同じ年齢、同じような勤め、同じような給料、同じ顔つきと同じ疲れ方をしている人間と乗りあわせて帰ることを思うと心が重くなる。かりに7時10分に家へ着いたとして晩酌《ばんしゃく》と食事の終るのが8時過ぎ。もう何をする気も起らなくなってしまう。机に向って固い本など読めるものではない。

だいたい、12時に昼食をして、夕食が7時過ぎというのは、ちょっと無理だ。疲労と空腹で、中継所をもうけたくなる心境の方が肉体的にも心理的にも自然ではないか。江分利にはすでにして索漠の感がある。索漠のおもむくところは、スウィンギング・ドアである。

「どうしてこう、毎日飲むんだろう」と小沢がつぶやく。

「疲れるからでしょう」と江分利。

「疲れるからかなあ、ほんとに疲れるなあ」

小沢は40歳をすぎてまだ独身である。

「それと、家が遠いせいでしょう」

「それも、ある。しかし、飲むと結局はもっと疲れるんだぜ」

「そうですね、消耗しますね」

「翌日が辛くてね。バカな金つかった、ムダに時間をつぶした、体力を消耗した……」

「ムダな時間、ではないでしょう」

そこへ、桜井が入ってくる。江分利にとって、小沢も桜井も仕事のうえの関係はない。年齢も学校も関係ない。飲むだけの友人である。桜井は奥に坐って「や」と目だけで挨拶する。江分利は小沢や桜井にあうと妙な安堵《あんど》をおぼえる。この2人は、江分利が徹底的に飲もうと思えば最後までつきあってくれる。さきに帰るといえば決してひきとめない。江分利が2人に対する態度も同様である。

江分利は「大日本酒乱之会々員」を自称している。会員は江分利1人である。しかし、江分利はひそかに会員候補者を何人か頭に描いている。桜井なんか副会長にしてもいいように思う。

酒乱とは何か。江分利のいう酒乱とは、飲もうといったときに最後までつきあってくれる人たちのことである。この人たちに悪人はいない。単純で、純粋型で、感激型で、桜井にいわせれば単細胞である。他人のファイン・プレイを発見して喜ぶタチである。

このタイプの人にバーであうと、江分利にはそれが一目でわかる。

「昨日の、鈴木武、見た？」

桜井は大洋ホエールズ鈴木武のファンである。

「みたよ。7回裏の2死1、2塁で、深いショートゴロをとって、1塁へ擬投してからサードへほうったプレイだろう」

「ちぇっ。知ってやがら」

「知ってるさ」

小沢は阪神タイガース鎌田2塁手のファンである。鈴木武と鎌田がはじまると長くなる。小沢も江分利も疲れているはずなのに、水割りが2杯も入ると別人のように元気になる。時間でいえば、8時ごろが威勢がいい。

「ちょっと、出ようか」と桜井がいう。

これで、桜井と小沢と江分利のホームグラウンドともいうべきバーを1軒ずつ廻ることになる。江分利は時計をちらと見る。夏子はもうあきらめをつけた時間だ。8時前に帰らなければ12時過ぎ、というのが公式のようになっている。(たいへんな中継所だね)すべてこれはベッド・タウンが悪いというのではない。全部がベッド・タウンのせいではない。しかし、ベッド・タウンへ辿《たど》りつくまでの道は、実にはるかに遠いのである。

これからどうなる

†賭《か》けと読み

「江分利さん、これ見てごらんなさい」

企画課の高野がキャビネ判の写真をもってきた。

「これ見て、何かがわかりますか?」

写真は去年の秋、六甲山へ社員旅行したときのものである。東京から六甲山というのもおかしな話だが、毎年の社員旅行で関東近辺は、箱根・熱海・伊東・長岡・伊香保・鬼《き》怒《ぬ》川《がわ》・赤城山・軽井沢・水郷めぐり・房総めぐりなど、すべて荒らしまわったあとなので、総務課・厚生課などが困りきっているのを知った赤羽常務の
「よっしゃ、一丁、関西旅行とはりこもうやないか」

という提案できまったものである。夜、発《た》って、翌朝から京都見物で大阪泊り、次の日は六甲で遊んで有馬温泉泊り、3日目の朝、現地で解散という日程であるが、日曜を

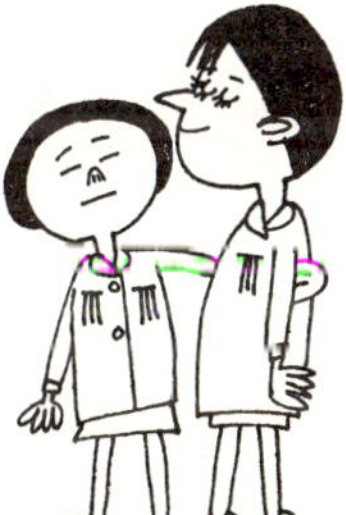

1日はさんでいるから、実際には休暇は2日間で例年通り、特別に社員負担2千円払わされたから、会社側の損害は軽微である。このへんの常務の計算は実に確かなものだ。

それにしても、毎年の予算からはちょっとはみだしているのは間違いない。昨年の弱電部門の異常とも思える売れゆき、さらに62年度の各種新製品発売、これは東西電機の好調な発展ぶりを示すものではあるが、それだけに社員の労働負担は重くなっている。それへの配慮と考えてもよい。東西電機の社員は、大半が関西出身であるが、会社の伸びに従って近頃は目立って、東京・関東・関東以北の人間が増《ふ》えてきている。この社員旅行の日程には摂津富田《せっつとんだ》の新工場見学と、大阪支店訪問が組まれていた。大阪支店といっても、人員や機構とは別に、もともとが関西系の会社であるから雰囲気《ふんいき》としては本社的であって、有馬温泉へは老会長も専務もやってきて（ホントはいらっしゃってと書くべきだろうが）挨拶した（ホントは訓辞であろうが）ときは、大広間にピリッとした空気が流れた。なぜピリッとしたかというと、みんなが神様みたいに思っていて、大番頭を自任している赤羽常務が正座してかしこまったからである。東西電機の62年度の新入社員は200人を越えた。社員総数1300人に対する200人であるから容易ならぬ数字である。そこへ、正月から主として営業関係であるが、経験者の途中入社が43名もはいってくる。会長は、君たちは東西電機の伝統を守る中核社員であるという意味のことをいった。つまり、東西電機という会社が大企業へ一歩のりだしたという感じを述べ、みんなも、それを感じた。

いままで、東西電機では毎年の販売計画に従って作業予定を組んでいたが、電気冷蔵庫・扇風機・テレビなどは予測をはるかに上回る売行きを示し、最盛期をまたずに品切れとなったり、市場調査で予定した数量の2倍を上回るような新型製品もあって、そうなると、たとえば、小売店関係の営業第5課では6人増員すればまかなえると思っていたのが、15人でも足りないようになり、毎月30時間平均の残業予定が百時間を越え、パートによっては2百時間などというのもある。2百時間の残業というのは、かりに毎日曜日に出勤したとしても、平日は朝9時に出て社を出るのが12時過ぎということになる。課長クラスで250時間などという人がいるが、とても人間業ではない。留守部隊である販売内務課員などは、売行きが増すと、忽《たちま》ち目の下が黒ずんでくる。売れない製品を強引に売ることにファイトを燃やす人たちも、品切れで問屋筋や小売店やデパートからの引きあいが殺到すると、ヘドモドしてしまう。疲労が重たくなってくる。残業手当が給料を上回って、だからたしかに所得倍増になっているのだが、疲労して、帰りに飲んだり、車で帰ったり、出張のときに1等寝台をおごったりで、結局はそうはプラスにならない。

そこへ、今日では輸出ということがある。国内をある程度ガマンしてもトランジスタ・テレビなどはそっちへ回さなければならない。そのための新しい部署ができる。語学のできるヤツがそっちへひっぱられる。人員が増えればそれだけ総務課・労務課・経理課の仕事が増えるのはわかりきった話だが、そっちの方の増員はとかくおろそかになる。なるばかりか、売行きが増せばどうしたって営業中心になり、業界および社内事情に通じた優秀な人材がひっこぬかれてゆく。だから、経理課に新しい計算機を買えば、そのための技術者をいれなければならぬ。

というわけで、会社の進展は社員にとってこれ以上の喜びはないのだが、重たいことも重たいのである。

東西電機では62年度新発売の超小型テレビと10万円を割る普及型のルームクーラーに社運を賭《と》している趣がある。テレビの方はまず予定数量を売りさばくメドがついているが、どの程度の出荷でおさえるか、他社の動静は、ということになると面白いことは面白いが、販売内務課あたりはやっぱり頭が痛い。やれやれ、またしても会議の連続か、という気持を全員が重苦しく思っているにちがいない。ルームクーラーは62年度が勝負の年といわれている。鉄筋コンクリートの家が増えるとクーラーは俄然威力を発揮する。日本間の多い大きな家では4、5台が必要になる。去年は扇風機だったが、今年はクーラーだ、いまや暖房から冷房の時代へ移ったというのが宣伝部の合言葉みたいになっている。とはいっても、クーラーが思惑どおりいくかどうか、なにしろ10万円を割ったのはかなりの量産を意味しているから、この方はテレビよりも賭の要素が濃い。

それと、小物だが、江分利は2千5百円の乾電池を使った電気カミソリＪＱ25型が今年は面白いと思っている。従来の電気カミソリはコードがあるから利用範囲が限られていた。しかしＪＱ25型はちょっと面白い。蒸しタオルなしでいける。朝なんか、これで5分は違う。車の中でもいける。会社の机のヒキダシにいれとけば、夜お客さんをするときに、ちょっとつかえる。出張や旅行のときに、朝、汽車のなかでやれる。デザインもいい。家にひとつ、車のなかにひとつ、会社にひとつ、旅行セットにひとつ、と考えると、江分利は（イケル）と思う。次の宣伝会議には、ＪＱ25型の新聞1頁《ページ》広告を打つように発言しようと思う。流行の石油ストーブだけは、研究だけで、発売をやめた。「なんや、うちは電気屋だっせ。いくら売れるからって、今更石油ストーブが安あがりなんて広告がでけるかいな、なあ江分利、お前はそう思わんか」赤羽常務の意見で、折角売れるにきまっている商品を見送ったのである。こういうところが江分利は好きなのだ。江分利が常務に惚《ほ》れているのは、ここだ。

しかし、製品が売れるということは、それだけ、なにやかやたいへんなことになってくることは、いま書いたとおりだ。そこへもってきて、弱電気のヨワイところは、なんといっても、消耗品ではないということだ。電気冷蔵庫は、まず1家に1台あればことたりる。だから、いま新型の冷蔵庫をもっている家庭は、まず成りあがりと見てよい。

戦前からの金持はヒドイのを持ってるよ。音がしてうるさくて寝られないなんていうのを持っているのは、由緒ある金持だ。テレビだって、東西電機は「1家に2台、兄さんナイター、私はドラマ」なんてまずいキャッチフレーズで売れているが、1家に2台なんていう時代は、すぐ来てしまう。まさか、1家に3台とは言えないからね。扇風機しかり、掃除機しかり、洗濯機もステレオもそうだ。そんなに買ったら寝る所がなくなってしまう。つまり、ゆきわたってしまえば、とたんにアウトである。そのへんの「読み」がむずかしい。

戦後すぐ、カメラブームというのがあった。カメラとフィルムがやたらに売れた。しかし、カメラはもうゆきわたってしまった。だから、伸びがわるい。東西電機にもおっかないところがある。新型といっても限度がある。実におっかない。江分利は、飲みものや、化学調味料などの食品業界というものをうらやましく思うことがある。会社はじまって以来の250人近い増員といっても手離しで喜ぶわけにはいかない。売行きのカーブが落ちたらこれが重ったくなってくる。といって現状では増員せざるを得ぬ。いまいる社員も、首脳部も、これが、会社の伸びが嬉《うれ》しくもあり、重くもあるのだ。

それやこれやを考えると、赤羽常務の打った関西旅行というテが実にウマイものに見えてくる。あんな頭のいいヤツ、回転の早いヤツにはかなわん、と思う。しかし、だから頼もしい、とも思う。

六甲山はそういう旅行だった。

†もてない江分利

「わかりませんかねえ」

と高野が言う。江分利は商売道具のルーペで丹念に見ている。わからない。

「女の人をよくみてみなさいよ」

「女って、誰よ」

「よく見てみなさいよ、ホラ、2人ずつ、いっしょでしょ?」

「なるほど」

六甲山は寒く、山頂での記念撮影は、仲のいい同士が身体くっつけあった形に、自然になっている。

「なるほどねえ」

「そうじゃないんですよ」

「……」

「わからないかなあ。その2人ずつ一緒になった女の子の顔やスタイルを見てごらんなさいよ」

江分利は、目がギラギラしてくる。左目が疲れてくる。数をかぞえる。2人ずつ、14

組、28人。

「竹田さんと藤田さん、栃折《とちおり》さんと富永さん」

江分利は、ハッと思う。竹田・栃折は、まず東西電機独身寮で人気投票すればトップを争う2人である。この2人は寄りそってない。そういう見方で見れば、なるほど、この写真は面白い。

美人・不美人といってしまえば残酷だが、そういう見方で見れば、この写真は、そうなっている。14組が、まずカッコいいのとわるいのとでコンビになっている。不美人と不美人がくっついている組も少しはある（美人の絶対量が足りないので）が、美人と美人の組合せはない。あり得ない。

不美人が美人を求めるのは一種の代償行為ではあるまいか。男にチヤホヤされたいという願いを相手によって満足させるのである。そのうちに、まるで自分がチヤホヤされているような錯覚におちいるのである。美人が、東西電機のように急激に伸びた会社、従って若い独身男性の多い会社に入社すれば、まず男関係のトラブルのなかにまきこまれる。不美人は、美人とともにそのトラブルにまきこまれることを願うのである。

逆に美人が不美人を求めるケースもある。不美人のなかには、男性化、中性化していくタイプがあって、さばさばして物わかりがよく、仕事もできて頼りになるようなのを、美人が求めるのである。これも一種の代償行為といえなくもない。

不美人が美人を人形のように扱っている組もある。不美人は美人に、自分には似あわない洋服を着せ、髪形をさせ、化粧のアイディアを提供するのである。決しておそろいの服をつくらない。

美人がひきたて役として不美人を求めるようなこともある。

頭のいい不美人は優秀な美人を獲得する。そして勢力を得るのである。

どの場合でも美人と美人のカップルは成立しない。

男はそうではない。江分利が見ても惚《ほ》れ惚れするような2人が、仲がいいということがある。

東西電機では、概して女子社員の方がデキがいい。デキがいいという言い方は適当ではないが、たとえば出身校（ほとんどが高校卒である）をみると、男子よりずっといい。出身校だけでなく、そのなかで1番とか2番で卒業したのが何人もいる。そのことを総務課の柴田ルミ子にさいてみたことがある。

「私も驚いたわ、この頃の若い人」

女子部の総会があって、こんなことをいう新入社員があったという。どうせ私たちは長くて5、6年で退社しなければならない。とすれば少しぐらい荒っぽい職場でも給料のいい方がいい。東西電機の弱電部門の異常な伸び方については彼女たちもよく知っている。先生もそのことを教えてくれた。特に1昨年は、安定した大企業の係長クラスのボーナスを女子社員たちが貰った。だから銀行とか官庁とか、結婚するためには体裁のいい花嫁修業みたいな職場よりも、実質的にいい東西電機で5年もはたらいて、自分で持参金をこしらえて結婚しようと思って入社したのだと言ったという。金を持って結婚すれば、夫婦生活でもいきなり優位にたてるというのだそうだ。

東西電機には、女子社員に関して結婚退職規定・出産退職規定というものがある。結婚退職は自己都合退職よりも率がいいうえに、だまって3万円がプラスされる。これがいつも女子部の問題になる。当然のことながら社内の種々の男女差の撤廃が女子部の中心議題であり、結婚退職規定のような妙なものをまずやめてもらおうと勇敢に発言して、盛んな拍手をあびるのであるが、いざ決をとると、不思議なことにいつもこの規定は残ってしまう。大半の女性にとって職場は腰掛けにすぎない。出産退職も有利な条件であるが、この方は妊娠6カ月を過ぎなければ適用されない。苦しい身体でその日まで出社を続けるという情況が見られることもある。

男女差について、江分利個人は、あった方がいいと思っている。女性は「いつでもやめられる」という姿勢でいる。男はそうはいかない。男はガマンする。時に屈伸戦法を考える。女性は正論を吐く。女性は家庭に帰ることができる。この差が待遇面にあらわれるのは当然のことだと思う。

六甲山の記念写真には柴田ルミ子もいた。柴田は、まあ美人の部である。キダテもいい。仕事もできる。どことなく情がある。しかし江分利は柴田の写真を見ると、やはり「畜生！」と思う。

柴田はこの秋に結婚する。いつかの手帳のことがあってから、江分利は柴田と妙に親密になった。一緒にナイターを見にいったり、ナイトクラブへ行ったりした。別にどうということはないが、仕事以外のことで社内の女性とつきあうのは柴田だけである。独身、27歳。かりに江分利と柴田とがもう少し妙なことになったとしても、ずるい考え方だが、向うにもいくらか責任があるということで、話をして面白いということのほかに、社内の若い女性と遊ぶよりは気が楽な面があった。

柴田の趣味は旅行である。めったに社を休むことはないが、休むときはかためて休む。そして突然会社あてに北海道や伊豆や瀬戸内海の島や箱根から変名で手紙をくれた。手紙には女の1人旅の感傷がにじんでいた。仕事上の伝言がはいっていることがあって、社内用箋《ようせん》がきれたので印刷屋へ注文してあるが電話でちょっと念押ししてほしいとか、宣伝課長に名刺をつくることを頼まれていて忘れて出てしまったが誰それさんに言ってくれとか、簡単な用件であるが、いかにも8年も会社にいた女性らしい感じで気持がよかった。変名で江分利に手紙を書いたことが発覚したときの、お互いの逃口上になるような配慮とも思われた。そういう心遣《こころづか》いが江分利には嬉《うれ》しかった。

赤羽常務から、柴田ルミ子の婚約を聞かされたのは、今年の4月である。

「なんやお前、知らんかったのか。えらい仲ようしとったやないか」

江分利は柴田の婚約よりも、常務が江分利と柴田とのことを知っているそのことに驚いて、半分うわの空で聞いていたが

「お前もアホやなあ、相手の男とよく伊豆や箱根へ行っとったらしいで……」

と、常務が江分利の目をのぞきこむように言うのには、ちょっとまいった。（そんなことはない、いやそうかもしれない）

江分利は柴田から直接話を聞いたのならむろん大いに祝福してやるつもりだった。それくらいの気持はもっていた。江分利のそういう気持を察してくれない柴田がわからなかった。婚約者と一緒の旅行となるとますますわからない。柴田は女の1人旅がどんなにたいへんなものか、いかに高くつくか、しかし私は1人でないといやなんだという話をよくしてくれた。

「2人分払うからといっても、泊めてくれない旅館があるの」

という柴田の甘えたような声が、まだ江分利の耳にこびりついているような気がする。江分利にはどうも「女」というものがわからない。柴田から手紙をもらうと、江分利はよく女の1人旅について空想した。仕事中も、すると今頃は下田のあたりかなどと思っ

たものだ。そこに男の影はなかったのだが……。江分利は概して女にもてない。それほど不器量でもないし、ずいぶん気をつかっているむきもあるのだが、モテナイ。自分ではわからないダメなところがどこかにあるのだろう。不親切にみえるところもあるのだろう。

東西電機の営業部には、自分の嫌《きら》いなタイプの女性にもてる法というのをあみだした男がいる。その女性が夜、誰かとデイトするのをかぎつけると、みんなの前で映画に行きましょうと誘うのである。「私、今晩、都合わるいの」とでもいおうものなら、大声で、「部長、僕はダメな男です。また振られました」と叫ぶのである。みんなの笑い声。同情。嫌いな女性もすまないことをしたと思う。好きな女性が、かえって「じゃ、私がつきあってあげるわ」ということになる。1石2鳥である。

まんべんなくモテようと思って失敗した男もいる。彼は女子社員の自宅あてにせっせと手紙を書いた。特に出張先からけ熱心に書き、会社では愛想をふりまき、東西電機の男性ナンバーワンであった。あるとき1人の女子社員が自慢そうに彼の手紙を見せびらかした。ところが、ほとんどの女子社員が「私も持ってるわ」と言いだしたのである。しかも文面は同じだった。あなたと映画を見てアマンドでお茶を喫《の》んだ夜が忘れられない。これでは女性が怒るのはあたりまえだ。忽ち失墜したのである。

†古いタイプ

立身出世なんか、つまらない。出世なんかしたくない、と口にだしていう社員がいる。どうもこれは一般の風潮らしい。しかし、口にだしていう社員をみると、だいたい出世する能力を欠いているか、そもそもヤル気がないかどっちかである。学生時代に左翼運動をやっていて、いまのサラリーマン生活は自分の仮の姿である。出世なんか考えてみたこともないという者もいる。しかし、もし10人の労働者の幸福をねがうなら、10人を動かせる地位にまずつくべきではなかろうか。

立身出世のために重役にオベッカをつかうなんてまっぴらだという人がある。しかし、オベッカをつかうことはそんなにたやすいことではない。へたなオベッカではかえって自分の地位をあやうくする。うまいオベッカを使うには、業界の動きや社内事情や社会情勢に通じていなくてはいけない。それは社員にとって勉強以外のものではない。勉強する社員が出世するのは当然のことである、と江分利は思う。

江分利自身は、もちろんそんないい社員ではない。しかし考え方としてはそうである。社員はもっと自然な機会をつかまえて自然に重役に接触すべきではないか。イヤないいかただが重役は生きた会社の歴史である。特に江分利たちのような宣伝部員は社長や重役の考え方をもっと知るべきであろう。

社員のたのしみのひとつに悪口がある。これも江分利は人いにやった方がよいと思う。いまの社員は組合にささえられているから、めったなことには首を切られない。休マズ、遅刻セズ、仕事セズでも給料はもらえる。いまや社員同士の切磋琢磨《せっさたくま》はカゲグチ以外にはない。カゲグチといっても、何かの経路でつたわってくるものである。江分利も何度か嫌《いや》な思いをしたが、反省の材料としたことも少なくない。

東西電機の社屋は7年前まで倉庫の関係で品川の埋立地にあった。重役室も雨もりがしたし、南京虫《ナンキンむし》がでたことなど、若い社員は想像もつかないだろう。当時の初任給は大学卒で税込みの1万円だった。その少し前には7千円である。いまの初任給は2万円を越えているが、当時でいえば2万円以上は若手の課長クラスである。いまは2万円以上でないと大学出の優秀な人材が集まらないからしかたがない。

当時は気軽に重役室へ入っていけた。担当者が直接よばれてどなりつけられることもあった。

「どや江分利、巨人・阪神見にいかんか」

「ええ、そうですね、帰りにエスポアール奢《おご》ってくれるならお供します」

「馬鹿野郎！」

「新喜楽でもいいですよ」

「もうええ、お前は来んでもええ」

こんなことが言えた。

社内に熱気があった。みんなカッカしていた。いまは少しちがう。

35歳の江分利と30歳の連中とは、どこかが少しちがう。30歳の連中と25歳までの新人たちにも気質的に断層がある。若い人たちは、よくもわるくも自己中心である。江分利たちには「一将功なって万骨枯る」みたいなところがある。すぐ万骨になりたがる。若い人たちのなかには会社を利用して自分を売ることに精だすのがいる。まあ、それもいい。


30歳以上の社員にとって結婚とは親の家を出て、あるいは3畳の下宿を出て、6畳1間のアパートへ住むことだった。結婚と6畳1間とは、妙に感覚的に結びついていた。当時は課長以上の社宅にも風呂つきはめったになかった。今は結婚すると最低で3間のテラスハウスにいれてくれる。風呂もモダンなキッチンもある。ずいぶんよくなった。

江分利たちが入社したころは、新入社員は工員は別として、50人をこえたことはなかった。だから社長もすぐ、名前と顔と気質とを一致して覚えてくれた。しかし、今年のように250人となるとどうだろうか。250人とったことは東西電機が大企業へ一歩乗りだしたことを意味している。

大企業となるとどうなるか。アメリカ式の社員教育や講習会がひんぱんに行われて、朝、顔をあわせてみんな同じ挨拶をするようになるのではないか。同じ顔つきになってゆくのではないか。立身出世は入社と同時にきまってしまうようになるのではないか。仕事をして出世するのではなく相手を蹴落《けおと》すような具合になるのではないか。社員の気質を知らないで、噂《うわさ》やデータだけで配置転換が行われるようになるのではないか。社員はますます自己中心的になるのではないか。事務が機械化してヒューマンなつながりが失われてゆくのではないか。

江分利のような古い型の人間は社員としてどうなるか。不安である。

昭和の日本人

†なぜ恥ずかしいか

　カルピスという飲料がある。いま、東京銀座の表通りの喫茶店でカルピスを飲ませる店は、ほとんど、ない。あったとしてもカルピスをオーダーするときは、ちょっと気遅れを感ずる。何故《なぜ》か。

　カルピスは「初恋の味」だからだろうか。それは、ある。あの黒ん坊のマークと水玉模様の包装紙のせいだろうか。そんなことは、ない。江分利はカルピスに対して、何となく気恥ずかしさを感ずる。それは江分利だけの気持だろうか。

げんに、カルピスを含めた乳酸菌飲料は、コーラスやミルトンやスカットなどのほかに、寿屋《ことぶきや》がミルクジュースを発売したことでもわかるように、勢いがおとろえるどころか、むしろ新しい流行のようにもなってきている。

　乳酸菌飲料は、あんがい、飲み方がむずかしい。濃すぎるとベトつくし、薄いのを口

にしたときのムナシさは、国電山手線が大塚・巣鴨《すがも》・田端《たばた》駅を通過するときの索漠《さくばく》感に似ている。

カルピスの、つまり「初恋の味」としての全盛時代は、いつ頃だったのだろうか。江分利の生れた頃、大正の末から昭和の初期にかけて、だったのではあるまいか。昔、一高・三高の定期野球戦があった頃、スタンドに四斗樽《だる》を置いて、カルピスを飲み放題に飲ませたという。その話をしてくれたときの母のくちぶりや顔つきから察すると、ベースボールとカルピスは、当時のハイカラを代表していたもののように思われる。江分利がカルピスに恥ずかしさを感ずるのは、そのせいかもしれない。大正末期・昭和初期という時代も、江分利にとって恥ずかしい。ベースボールについて言うと、江分利には神宮の野球場というものも恥ずかしい。何故か。昭和10年代になって、多分、若原のあと、石黒のまえだったと思うが、早稲田に近藤ナニガシという投手がいた。神宮球場のサイレンが鳴り終り、近藤はゆっくりと捕手のサインをのぞきこむ。つぎにストッキングをたくしあげ、ズボンから手拭《てぬぐい》を出して丹念に眼鏡《めがね》を拭《ふ》く。手拭をしまって帽子をかぶりなおし、タイムを要求してスパイクシューズの紐《ひも》をしめなおし、サインを確認して、うしろをむき、一声「打たせるぞ!」と叫ぶ。近藤はまだ1球も投げていない。第1球、果してカツンと打たれる。翌日の戦評は、近藤がバックスに打たせるぞと叫んで、ために打者の打ち気を誘ったのが早稲田大学の敗因であったと書く。近藤は左腕からのスロードロップを得意とし、審判が続けてボールの宣告をすると、ゆっくりと歩みよって、球が高過ぎるのか、コーナーをはずれているのかを訊《き》く。帽子をとって一礼してマウンドにもどる。実に礼儀正しい。これらのこと、こういうこと全《すべ》てが江分利にとって恥ずかしい。何故だろうか。洲崎《すさき》球場、上井草球場、後楽園はちっとも恥ずかしくないのに。畑福や中河や若林は恥ずかしくないのに。

大正の末はハイカラである。ハイカラは昭和10年代の初めまで続く。それが、次第にハイカラでなくなってくる。全体に貧しくなってくる。やせてくる。ハイカラは敵だ、というふうになってくる。

大正15年1月19日、江分利は大森の入新井《いりあらい》で生れた。だから、厳密にいえば東京生れではない。それはいいが、1月19日に生れたのに、戸籍上は11月3日生れとなっている。11月3日といえば明治節である。「亜細亜《あじあ》の東日出《い》ずる処聖《ひじり》の君の現れまして古き天地《あめつち》とざせる霧を大御光《おおみひかり》に隈《くま》なくはらい……」の明治節である。江分利は、誕生日が明治節であることに、疑問を感じたことがある。（そんなに都合よくゆくはずがない）明治節は気候もよく、めったに雨も降らぬとかで、ゲンのいい日とされていた。だから、適当にやっておいたのだろうと思っていた。しかし、10カ月もサバを読んでいるとは思わなかった。（これはヒドイよ）

何故、江分利の出生届けが10カ月も遅らせられたかというと、大正14年の12月に江分利の兄が生れたからである。江分利の母は、臨月でふうふういっている所へ、突然、見も知らぬ嬰児《えいじ》の兄が届けられたときの愕《おどろ》きを一度だけ語ってくれたことがある。以後、この件に関して母と話しあった記憶はない。

むろん、江分利も、おかしい、と思うことがなかったわけではない。江分利家には奇妙な写真が1枚あった。江分利と兄とが産衣《うぶぎ》に涎掛《よだれか》けを掛けてならんで写っている。江分利の方が老《ふ》けて（老けてというのは適当ではない。兄さんらしくとでもいおうか）見えた。2人は涎掛けを掛けてそっぽをむきあっている。その色褪《あ》せて茶色っぽくなった写真は、古めかしい布表紙のアルバムに貼《は》ってあった。廂髪《ひさしがみ》の母や、半裸体後向きで筋肉の盛りあがりを見せた父の写真もあり、第1頁《ページ》には早稲田大学の四角い学帽をかぶったキャビネ判の父の顔があった。江分利はその写真帳を見るのがこわかった。怕《こわ》い、と思いだしたのは10歳の頃からだったと思う。

奇妙であり、怕いのは、むしろそういう誰が見ても変な写真をとったことであり、ひきのばしてアルバムに貼ったことかもしれぬ。江分利は、その写真を撮《と》らせたときの、父と母の心を思った。あるいは、兄のことに関する悶着《もんちゃく》がやや落ちついた時機だったのかもしれない。また、あるいは、三浦半島の海岸で、肺病を養っている叔父のところへ兄がひきとられるようになったので、記念のために撮らせたのかとも思われる。ともかく、父と母はこの事件を江分利には分らないように、かくしおおせた。兄は、この事件を誰かから聞かされていたらしく、父が軍需成金になって、ふたたび兄をひきとることになったとき（兄の歳《とし》でいえば小学6年である）緊張した兄は、挨拶もぬきに「この家の竈《かまど》の下の灰まで俺《おれ》のものだゾ」と言ったという。子供の知恵ではない。兄は、その後も、夜中に江分利を起して「俺のお母さんは〝お母さん〟じゃないんだよ」と言って、窓をあけて考えこんだりした。江分利としては、そういうことを考えたりするのは面倒くさかった。いやだった。

兄は、その後も、家を出たり、入ったりした。

いったい、父と母とはどんなふうに結婚したのだろうか。母は旧家の人尽の娘である。父は、中学のときから苦学生である。兄の母というものがありながら、何故父は江分利の母と結婚したのだろうか。母と結婚することになっていて、その途中で、父はあやまちをおかしたのだろうか。それとも、江分利の兄の母と結婚することになっていて、その途中で、父が何かのことで無理に変更したのだろうか。そのへんのことは、わからない。もし、結婚ということが、子供をつくるということが、心と心とのむすびつきだとするのなら、江分利の父は、あるいは江分利の父ではないかもしれない。江分利と江分利の父とは他人かもしれない。そのへんも、わからない。しかし、江分利は、そのへんのことをわかろうとしたことがない。知りたい、とは思わない。どうでもいいのだ、そんなことは。しかし、このことは、江分利の出生が10カ月遅れて届けられたということは、江分利を左右するのである。昭和の日本というのは、そういう仕組みになっているのである。

†固い焼きソバ

昭和8年、江分利は、川崎市の南幸町小学校に入学した。昭和8年といえば、江分利家のドン底時代である。しかし、先程の写真帳のことでいえば、江分利は慶応服で（そんな言葉があるかどうかしらないが、つまり、幼稚舎スタイルで）入学したらしい。江分利は不動の姿勢で、ナントカ写真館のカメラマンの前に立ったらしい。その写真帳は空襲で焼けてしまって、記憶だけでいうのだが、慶応服で佇《た》って、ヒドク固くなっている。江分利は子供のときから小心で泣き虫で、だから入学のときの記念撮影が固くなっているのは当然だが、顔つきが極度に緊張している。それは、記念撮影だからというためだけではない。江分利は、家が貧しいということを知っていた。父と母が、もうダメで死にかかっていることを、知っていた。その当時、江分利家のたのしみは、川崎市の街へ出て、活動写真を見て5銭食堂でシナソバか焼きソバを食べることだった。江分利は、あんなにうまいラーメンやあんなに絶妙な味のする焼きソバを、その後たべたことがない。シナソバは、実に、豊富、だった。鳴門《なると》巻《ま》きと支那チクとモヤシ、それとおツユとの調和、5銭食堂のドンブリがまた豊かだった。ドップリ、としていた。焼きソバは（焼きソバはさすがに5銭では食べられなかったが）ちょっと豪華すぎる感じだったが、辛子《からし》をたっぷり皿のふちに盛り（この頃、焼きソバを頼んでも辛子を持ってこない ソバ屋があるが、君達はいったい、どういう料見なのかね）酢を少しずつかけて、太い焼きソバを少しずつやわらかくして、辛子をまぶしてたべる。あれが焼きソバだよ。この頃の支那ソバ屋は少しおかしい。「固い焼きソバ」というと「うちは固いのはやってません」だなんて。それが上品だなんて思ってやがる。やわらかい焼きソバなんて焼きソバじゃないよ。焼きソバはね、口のなかが怪我《けが》しそうな奴じゃなきゃだめだよ。固い焼きソバができるうちは、まるでソバがキリイカみたいな細くて薄いヤツを持ってきやがる。固い焼きソバで言えば、デパートの食堂でやってるヤツがまだしも江分利の希望にちかい。だいたいこの頃の焼きソバは具（ドロリ）が多すぎるよ。ドロリをケチケチ惜しそうに食べるところに焼きソバの妙味があるのにね。ドロリが多すぎるから、固い焼きソバがはじめからヘナヘナで出てくる。あんなものを食べられると思うかね。下品な食べものは下品に盛り、下品に喰《く》うほうがうまいのだ。

江分利は、家が貧しいということを知っていた。だから、己《おれ》のために慶応服を新調したことがどういうことかを、知っていた。だから、固くなっていたのである。そんなことしなくたっていいのに、と彼は思っていたのである。江分利の息子である庄助にくらべれば、江分利はいろんな意味ではるかにませていた。そのときの江分利はつらかったのである。子供だと思って馬鹿にしちゃいけない。

昭和8年という年がどういう年かというと、国語の教科書が「ハナハトマメマスミノカサカラカサカラスガヰマス」から「サイタサイタサクラガサイタ」に変った年である。江分利は、そのほんとうの生年月日からいえば、当然ハナハトを使用すべき運命にありながら、サイタサイタの組にいれられたことになる。サイタ教科書は灰色の表紙のハナ教科書にくらべると陽気だった。うす赤い健康そうな表紙は、国力の上昇と侵略の匂いを発散していた。ハナを大正とすれば、サイタは、戦前までの昭和を象徴しているように思われる。サイタはハナにくらべて上等だった。担任の教師は、君達はこの点恵まれていると説き、江分利はハナ組に対して優越感を抱《いだ》いたような記憶がある。ハナとは人種が異なるように感じた。

この学年は、学校の制度上の改革をたびたびうけた。江分利たちまでで中等学校の入学試験が廃止になったこともそのひとつである。江分利たちは小学5年になると激しい受験勉強を課せられた。正規の授業が終ってから課外が2時間あり、競争率のはげしい中学を受けるものは、夜、受持の訓導の家に集められた。江分利の担任は関西の師範学校を出たばかりの青年で、下宿の壁には「神ハ自ラ助クルモノヲ助ク」と墨書してあった。受験生がへたばってくると、猪口《ちょく》で2、3杯酒を飲ませた。教室では竹の鞭《むち》を持っており、容赦なく殴《なぐ》った。殴られると、頭に竹の節なりにコブができた。青年教師は、そのコブを「山脈」と名づけた。

小学6年になってからは（その頃、父は軍需成金になりかかっていた）丸の内にあった父の事務所を夜だけ借りて受験勉強を続けた。4人の受験生と青年教師は、人通りの絶えたビル街で立派すぎる事務机にむかった。机はピカピカ光っており、ペン皿の鉛筆は全部尖《とが》っていた。清楚《せいそ》な女事務員が帰り際《ぎわ》にけずっていくのだろうと想像した。電気ストーブをつけ、回転椅子に腰かけてこの贅沢《ぜいたく》をふんだんに享受した。江分利は、苦痛を快感に変える術《すべ》を会得していったようである。往復はいつも円タクだった。

その頃、丸の内の帝国劇場は『望郷』という映画を上映していた。評判の映画の主人公が前科14犯の兇悪犯《きょうあくはん》であることを知って、江分利は強く惹《ひ》かれた。そういう世界で太く短く生きてみたい、とも思った。江分利は教師にその映画に連れていってくれといったが、彼は『望郷』のロングランが終ってから、シャーリー・テンプル主演の『農園の寵児《ちょうじ》』をみせてくれた。そんな映画が面白かろうはずがない。

受験勉強は江分利を急速に大人に仕立てた。江分利はむしろ老人くさかった。

昭和14年、麻布区内の中学に入学した。はなはだ不出来であった。数学が出来ないうえに体操と軍事教練が極端にわるく、マジメに出席していて教練検定不合格は江分利だけである。

中学3年のとき『外人部隊』というフランス映画をみた。何かが、江分利を把《とら》えた。何かとは何か。宿命論的なものであろうか。さびしさのようなものであろうか。「勝手にしやがれ」であろうか。江分利の前には、ピエール・リシャール・ウイルムの演ずる主人公のような「きめられた早い死」しかないように思われた。その映画ばかり何度も見た。新宿の光音座や太陽座、銀座の全線座やシネマパレスに日参してフランス映画を漁《あさ》った。『望郷』も見た。不思議に補導協会に捕まらなかった。

昭和16年、大東亜戦争がはじまって、朝、校庭で大日本帝国万歳を3唱した。江分利の前には、いよいよ「死」しかなかった。江分利は、平静な気持で死ねるようになりたいと真剣に考えた。「青春の晩年」という言葉が流行した。18歳で入営だから、15歳はすでに晩年だという意味である。「最も美しく生きることは、最も美しく死ぬことである」などという評論家もあらわれた。

江分利たちは、その頃、大木惇夫《あつお》の『海原《うなばら》にありて歌へる』という詩集を愛唱した。なかでも「戦友別盃の歌」などはみんな暗記していた。その詩は次の如きものである。

言ふなかれ、君よ、わかれを、
世の常を、また生き死にを、
海ばらのはるけき果てに

今や、はた何をか言はん、
熱き血を捧《ささ》ぐる者の
大いなる胸を叩《たた》けよ、
満月を盃《はい》にくだきて
暫《しば》し、ただ酔ひて勢《きほ》へよ、
わが征《ゆ》くはバタビヤの街、
君はよくバンドンを突け、
この夕べ相離《さか》るとも
かがやかし南十字を
いつの夜か、また共に見ん、
言ふなかれ、君よ、わかれを、
見よ、空と水うつところ
黙々と雲は行き雲はゆけるを。

この詩をうたいながら涙を流したものである。別離には実感があった。毎日、誰かと別れているようなものであった。

昭和19年、大学に入った。文科の募集人員を極端に減らしたので競争率は20対1だったが、数学がなかったのではいることができた。同級に身体障害者や結核患者がいた。入学しても普通の体格なら翌年は兵隊に行くことがきまっていたので、むしろ彼等を歓迎したのである。すぐ、勤労動員につれていかれた。軍事教練研究部があって、強制的に歩兵砲研究会にいれられた。日曜も訓練があった。6月には援農にいかされて農家へ泊りこんだ。田は見渡すかぎり老人と娘ばかりで、江分利たちははなはだユニークな存在だった。

その頃、ルイズという日英混血の少女と知りあい、この薄っぺらな感じのする少女をよく訪れた。彼女のアパートは粗末な机があるきりで、畳は赤くやけていた。ルイズはしゃがれ声でフォスターの歌曲を歌った。江分利は彼女を連れて友人宅を訪れて嫌《いや》がられた。憲兵があとから調べにきたりしたからである。

10月に江分利は学校を止《や》めて父の工場で旋盤工見習として働くようになった。大学は間もなく閉鎖になるだろうと考えたからだ。(実際、20年3月には、決戦教育措置として授業が1カ年停止されることになった)ほんとうは兵隊にゆくまでに何かをしたかったからだ。

父の工場には、3名の熟練工と20名の素人《しろうと》工員がいた。魚屋、菓子屋、寿司屋などの転業者だった。江分利は麻布の高台の高級住宅地から菜ッ葉服を着て朝8時に工場へ入り、深夜まで働いた。全く健康になり、模範工員だった。

11月から空襲がはじまった。江分利は待避せずに銀色の編隊と飛行雲を見た。空中戦になると物干場に上った。B29に体当りする飛行機があり、型のように米機の落下傘《らっかさん》が開いた。高射砲の音が快かった。

工場では工員たちが次々応召していったので江分利はネジ切りもやらなければならなくなった。工員たちは一寸《ちょっと》待ってくれというときに「チョイマチグサノヤルセナサ」と言った。「オヤオヤチョイチョイユデアズキ・ナンキンマメノツナワタリ」などとも言ったが、これは意味がわからない。女工員たちの間では、手提袋《てさげぶくろ》をつくることがはやった。変った形の木や竹を探してきて布製の袋をつけるだけのことである。幾つも、つくるらしかった。ハンドバッグに対してこれを「木バッグ」と名づけた女がいた。この女は朝から晩まで頭にクリップをつけていた。

20年5月25日に家と工場が焼け、鎌倉に移った。父と弟は毎日焼跡整理に通ったが、江分利は俄《にわ》かに怠惰になり、昼はほとんど寝て暮し、夜は海岸で夜光虫を見た。下痢が止らず、毎日夢精した。

7月3日に入営の通知がきた。焼跡から廻送されたので、入営日には5日も遅れていた。母と叔母が必携品を奉公袋につめた。江分利は髪床から帰ってから寝ころんで古雑誌を読んだ。翌日は曇天で、江分利は青い頭で行列の先頭に立った。逃げだしたかった。

数日後、江分利の隊のある甲府市が空襲された。甚《はなは》だ痛快だった。第一、家財道具を持ちだす必要がなかった。将校や下士官たちは馴《な》れていないから震えていた。その翌朝、使役で営庭に出ていた江分利は、裏門から悲鳴のかたまりが入ってくるのを見た。老婆と母とその子供らしい7、8人が互いに罵《ののし》りあいながら入ってくる。子供が不発の焼夷《しょうい》弾《だん》をいたずらして、皆がのぞきこんだときに爆発したのだという。背中の赤ん坊も血を流していた。このような事件は戦後も昭和22年頃まで頻発《ひんぱつ》したように思う。これは戦争や空襲よりもずっと怖《こわ》い。江分利はガソリンとか火薬とかガスとかの爆発物を極端におそれるようになった。道を歩いていて、ひょいと煙草《たばこ》を捨てるというような動作が出来なくなった。なにか爆発物がそこにありはしないか、といつも考えた。臆病《おくびょう》は歳《とし》とともに募るようである。

ちょうどうまいときに終戦になった。幹部候補生の試験がせまって、江分利は拒否するつもりだったが、そんなことが出来たかどうか。軍人勅諭《ちょくゆ》を暗記していなかったので、それだけでもずいぶん叱られるはずだった。9月20日に復員した。解散のとき、中隊長は「米軍の憲兵がピストルを持って各駅に配属されていると聞くが、中隊はすでに解散したのであるからして、お前等には一切責任をもたない」と言った。藤沢から江之島電車に乗換えると、なるほど巨大なMPが2人、小銃を持って立っていた。鎌倉の海には艨艟《もうどう》が密集していた。

†バイア・コン・ディオス

戦後1年の記憶は甚《はなは》だアイマイである。訪ねてくれた戦友を追いかえしたのと、街でルイズに遇《あ》ったことぐらいしか憶《おぼ》えていない。由比ヶ浜《ゆいがはま》を歩いていると、ジープが追い越して急停車し、ルイズとGIがおりてきた。ルイズは見違えるほど美貌《びぼう》になり、生き生きしていた。その兵隊と結婚するのだという。江分利は和服を着ていたが、ルイズは着物を正確に「ケモノ」と発音した。

21年からは毎日賭博《とばく》にふけった。麻雀《マージャン》なら負けたことがなかった。「心理学応用麻雀必勝法」と名づけた。全《すべ》ての勝負事に勝つには相手の心理を読みとればよい。観戦者のあるときはそれに注意する。ないときは相手の眼をみつめることだ。土地の商人や追放中の実業家やプロ野球の選手から、まきあげた。鉄火場へも出入りした。江分利は19歳だが「中学生」という仇名《あだな》で呼ばれた。オイチョカブは符牒《ふちょう》でいう。234は兄さんしましょう色街のカブなどという。インテリくずれは、667ならロンドンシティーは英国のカブ、226は叛乱《はんらん》のブタなどという。専門家（専門家とはイカサマのできる連中のことである）の眼はドンヨリと濁っているようで、光っているようで、その心理を読みとることができない。（これはスゴイよ）窃盗《せっとう》は出来心のこともあろうが、専門家は不断に良心を殺さねばならぬ。但《ただ》し、専門家と勝負して勝てないということはない。専門家が「ヤル」ときに乗っかってしまえばいいのだ。

鉄火場では、バッタがはじまるまえにテホンビキ（ホンビキとかビキとかいう人もあるが）という前座みたいな賭博が行われることがある。江分利がはじめてテホンビキの胴をとったときに、桜の札を出すと（手拭《てぬぐい》でかくした1月から6月までの札のうち、1枚を抜きだして伏せるのだ）場の金がそっくり集まった。次にまた桜を出すと、またそっくり札束が膝許《ひざもと》に集まった。狐《きつね》につままれたような気持で5回桜を出して毎回ウケた。あとで聞いたのだが、桜を出すのは縁起が悪いとされていて、特に1回目にそれを出すのは禁忌になっていたらしい。土地の古着屋は江分利の親だけで3万円すってしまった。彼は最後の2千円をとられたときに、誰にともなく「へえ終えた」とつぶやいた。

賭博で勝つと江分利は、金のつかい方を知らないから、日劇のボックスシートで映画を見たり、近所の者を10人も連れて喫茶店へいったり闇《やみ》の天ぷら料理を食べたりした。ヤクザ者が街で江分利に挨拶するようになった。それが彼の19歳だった。ある日、江分利はこういう生活と縁を切ろうと思った。鎌倉の駅裏のそばにある製粉工場へ勤める決心をする。昼夜2交替で昼の部は朝6時の出勤だった。頭のテッペンから足の先まで真白になって働く自分を想像して「粉挽《こなひ》きの歌」という詩をつくった。ところが、就職がきまりかけたときに、山内教授が小さな出版社に世話してくれることになった。1週2日の出勤で月給は8百円である。次第に、毎日つとめねばならぬようになり、月給が8

千円になったとき、夏子と結婚した。昭和24年、江分利は22歳である。以後、小さな会社や中位の会社を転々と移る。どこへ行っても学歴と基礎学力にひけ目を感じた。

「サム・サンデー・モーニング」という歌がヒット・ソングの上位を占めたことがある。夏子は、いまでもこの歌やこのメロディーを聞くと吐気を催すという。夏子の悪阻《つわり》のときに流行したからである。庄助が生れたのは25年10月だから、この歌がはやったのは25年のはじめの頃だろう。

江分利も同じように「バイア・コン・ディオス」のメロディーによわい。「チェンジング・パートナー」にもよわい。「バイア・コン・ディオス」の女声コーラスを聞くと陰鬱《いんうつ》な気分になってくる。だから多分この歌がヒットしたのは29年のはじめではないかと思う。30年は「旅情」とチャチャチャチャと「暴力教室」とアーサー・キットの「ショジョジ」であり31年から3年間はすべて「エデンの東」がトップであった。

29年に江分利は行き詰っていた。会社がつぶれるのに立ちあったり、別の会社へ移ったりすることにアキアキしていた。夏子と結婚する少し前から、江分利は大酒を飲むようになり、それは今でも少しも変らないが、29年頃から酒を飲《や》むとうなったり、夜中に起きて泣いたりするようになった。「もし、戦争中に学校を止めなかったとすると、一流会社に就職して、ノンビリ社内対抗の野球をやったりしているかもしれないな」とか

「終戦後すぐ学校へ戻れば新制大学のキリカエでやっぱりもうどこかの会社員だな」とか「あの頃博奕《ばくち》なんかやらないで、語学でも勉強しておけば、それで結構、食えるのにな」とか、つまらないことばかり考えた。戦後すぐのときは、これはメチャクチャだった。そのあとも、たとえば新宿のナントカ横丁で飲んでも、大学の教授も一流会社の社員も、みんなカストリやバクダンを飲んでいた。物もなかった。平等だった。それが、29年にもなると、だんだん差がついてきた。江分利は、まだ焼酎《しょうちゅう》だった。ヤケッパチだった。しょうのない奴だった。ノイローゼの夏子と小児ゼンソクの庄助がいた。いったい、どうなるんだろう。「もし、俺《おれ》が、ほんとうの生年月日で、大正15年1月19日生れで届けられていたら、俺は戦死していたかもしれない。しかし、ひょっとすると、それなら学校を止めないで、つまり学徒出陣ということになって、戦死の可能性は大きいが、しかし全然別の己《おれ》になっているかもしれない」などと考えた。

大正15年生れは、数え年が昭和の年号と一致する。大東亜戦争は昭和16年12月にはじまって20年8月に終る。江分利の数えの16歳から20歳までで、心理学上の思春期である。江分利はいつも子供ごころに国の重みを感じていた。一方、戦争と徴兵制度のない世界に恋いこがれた。それは極楽浄土だ。江分利は、うちは金持だから戦争が終ればどんなにいいだろうかと空想した。しかし江分利家に金がだぶついたのは戦争のおかげであることを知らなかった。

29年に中学の同期会があった。こういう会合はソラゾラしいものだ。みんな心の張りを失っていた。商売の取引の話ばかりしていた。まともに学校を出たのは1人しかいなかった。それも兵隊のがれに医科大学へ入って、そのまま医者になってしまったのだという。秀才連中は理科系から戦後文科系へ移ったり、海兵や陸士から大学へ戻ったりしていた。比較的仲のよかった4人がビヤホールへ集まって、20年、21年になにをしていたかを話しあった。江分利は「俺はオイチョカブばかりやっていた」と白状した。1人は1日12時間寝て暮したと言った。もう1人は「いま考えるとワケがわからないんだが、大学の野球部の応援を毎日日が暮れるまでやっていた」と言う。最後の1人は喫茶店にいりびたって5時間も6時間もボンヤリしていたという。それ以外の記憶が薄れていることで、4人は一致していた。しかし、3人とも一流会社に就職していた。江分利はそこでも敗北感を味わった。

翌年の30年5月に江分利が東西電機の宣伝課（当時は営業部に所属していて、部としては独立していなかった）に腰かけみたいなつもりで就職したのは偶然にすぎない。東西電機の弱電部門が急速に伸張したのも偶然のことである。（ついでに民間テレビの放送がはじまったのは28年の8月28日で、日本テレビ放送網株式会社、略称NTVが最初である）宣伝部門が拡張され、江分利のような多少ヤクザっぽい男でも仕事ができるようになったのも偶然にすぎない。昨年あたりから、求人難ということがあって、新入社員の給料、つまり初任給がつりあがってきて、その結果、全社員、とくに江分利みたいな途中入社の給料があがって、どうやら暮せるようになったことは、すべて偶然にすぎない。偶然とはおかしな言葉だが、すくなくとも江分利の計算ではない。もし、いま日本のホワイトカラーについて、かりに35歳を中堅社員として、それについて語るとなれば、この「偶然」にふれないワケにはいかない。マンモス企業のマンモスビルの社員食堂にカレーライスを食べようと思ってつらなる長い長いバカバカしい列にいる35歳の中堅社員、典型的なホワイトカラー、そんなものはどこにも存在しない。そんなものは、どっかの社会心理研究所の調査にまかせればよい。マス・ソサエティのなかのひとり、とは江分利も思っていない。「あなたは通勤の満員電車のなかでどんなことを考えていますか?」「はい、何も考えておりません」「あなたの就職の動機は?」「まあ、なんとなく」「あなたは今の職場に満足していますか?」「ええ、満足しています」「将来、何になりたいですか?」「大過なくつとめたいと思います。みんなのために」「あなたの尊敬する人物は?」「さあ、ちょっと思いあたりませんね」

†音のかそけき

その日、昭和37年6月のある日曜日、江分利と夏子と庄助は、ふらっと外へ出た。江分利一家は公園については通《つう》である。近郊の公園は歩きつくした。どこへ行っても感激はない。しかし、行くところは公園または公園みたいな広場である。とくに庄助は公園についてはは手足《てだれ》である。どこそこの水飲場の水はうまい、などという。どこそこは工夫が足りない、などという。

その日、江分利たちが行ったのは、日吉の慶應義塾大学のグラウンドである。

江分利は、前日の土曜日に、土曜日の例として、ひどく飲んだ。家に帰ったときは、空が、もう夜ではなかった。しかし、日曜日は公園か広場か空地に出掛けねばならぬ。夏子はケテルスの食パンとケテルスのロースト・ビーフでサンドイッチをつくった。辛《から》子《し》と野菜とローヤルクラウンコーラは別に持った。庄助は水筒を背にかけている。江分利はポケット瓶《びん》でなく、角瓶の720ml入りのウイスキーを提《さ》げている。

正面をはいってすぐ右側が陸上競技場である。江分利たちはメインスタンドに腰をおろした。暑い。他には木蔭に寝そべってじっと動かないアベックが1組いるだけだ。物音がしない。時々、風が来る。

庄助は水筒を肩にかけたまま探検に出かける。このグラウンドも、もう5度目ぐらいでよく知っているはずなのに、テニスコートやプールや野球場や講堂の蔭を調べに行く。ちっともじっとしていない。夏子がゆっくり追いかける。

江分利はウイスキーのキャップをとる。はじめの1杯2杯は、にがい。はじめの1杯2杯は時間がかかる。うまくない。しかし、3杯目から急にうまくなる。快いとしかいいようのない味になる。自然に手が瓶にのびる。飲み方が早くなる。

江分利のまわりにある情緒がただよいはじめる。「我が宿の……」と江分利はつぶやく。「我が宿の……」あとがわからない。何か気分のいい歌があったはずなのに思い出せない。ええと、なんだっけ。江分利は元来記憶力がひどくわるいのだが、最近はとくにわるくなって、失語症みたいになることがある。「……情悲《こころ》しも独《ひと》しおもえば」かな。いやそうじゃない。あれはたしか「うらうらに……」だ。「うらうらに」そうだ「うらうらに照れる春日に雲雀《ひばり》あがり」だ。「情悲しも独しおもえば」だ。しかし「我が宿の」の次はなんだっけ。たしか両方とも大伴家持《おおとものやかもち》だ。なんとかで「吹く風の」とくる歌だ。

……わからない。

考えを変えよう。カルピスは恥ずかしいかね？　恥ずかしいね。何故かね。さあ、わからないね。こういうことじゃないかね、昭和のはじめにあって、昭和のはじめに威勢がよくって、それがずっと10年代から戦後のいまでも威勢がいいような、そういうものが恥ずかしいんじゃないかね。さあ、それは考えすぎじゃないかね。じゃ文学座という劇団はどうかね、恥ずかしいかね。文学座、なるほどね、そういえば少し恥ずかしいね。『北京《ペキン》の幽霊』の竜岡晋《たつおかしん》の宦官《かんがん》なんて絶品だったからね。築地《つきじ》小劇場の食堂のカレーライスはうまかったね、あの劇場が今でもあったとして、食堂のカレーライスが同じ味をしていたら、やっぱりちょっと恥ずかしいね。N響は、昔は新響っていったね、あれも恥ずかしいね。

じゃ、神宮球場は何故恥ずかしいの？　あれは恥ずかしいよ、これは絶対だよ。

神宮の野球場の全盛時代、つまり6大学野球の全盛時代はいつ頃だろうか。江分利が実際見た範囲でいえば、昭和12、13年はひとつのピークではなかったかと思う。江分利は50銭銀貨1枚（当時はこれをギリイチといった）貰って野球を見に行く。市電が往復14銭、外野席が子供で20銭、帰りに食べるカレーライスが15銭だったと思う。

昭和12、13年は早慶の全盛時代のようでいて優勝はほとんど明治大学がさらっていたような記憶がある。江分利の飲み友達の桜井は、当時のメンバーを諳《そら》んじている。もっとも桜井の記憶だっておかしなところがあるかもしれないが。

「昭和12年春の早稲田はね、1番ショート村瀬さ、2番ライト永田、これが意外によく打ってね。3番サード高須、いま共同印刷にいるよ。4番ファースト呉、こいつは球足が早かったね。5番センター浅井、6番レフト三好、7番キャッチャー指方、8番セカンド柿島、ラストはピッチャー、キャプテンの若原で控えが君のよく言う近藤金光だ、いま中日にいるけどね、君がいうようなそんなへんなピッチャーじゃなかったよ。いいドロップをもってたよ」

「そうかなあ、ぼくは買わないな、面白いピッチャーだったけど。それにこのメンバーで優勝できなかったのは投手力が弱かったせいじゃないの」

「それは、ありますね」

「キャッチャーで鵜飼《うがい》とか藤堂とかってのがいたでしょう」

「いたけど故障が多くてね。12年の秋は小楠がキャッチャーしてたな。それと辻井」

「南村不可止《ふかし》は？」

「あれは13年の春にサードで2番打ってた。高須がセカンドに廻ってね」

「よくエラーしたね」

「大暴投ね」

「あの人、帽子とっちゃってね、帽子をポケットにいれてバッターボックスに入って審判に注意されたり……」

「そんなことはなかったね。君の記憶はおかしいよ。創作がはいるから」

「じゃ慶應は」

「1番センター川瀬さ。以下（捕）松井（一）灰山（二）キャプテン岡（右）楠本（左）本田（三）平野、これがいい選手でね。（遊）勝川（投）中田と続いてね。ピッチャーの控えに高木、高塚。秋からはショート大館、サード宇野。ピッチャーに創価学会の白木義一郎が出てくる。問題の明治大学はね、（二）恒川（中）村上（三）二瓶《にへい》（一）児玉、これはリリーフ投手もやったよ。（遊）杉浦（捕）桜井、これがキャプテン。（左）北沢（右）加藤、ラストがピッチャーの清水で12年春秋ともに優勝さ。児玉が投げるときは1塁へ坂田が入ったね。13年は吉田、亀田、加藤、児玉、杉浦、北沢、亀井、上林（御子柴《みこしば》）、清水の順。憎いくらい強かったね」

「法政は鶴岡時代でしょう」

「そう。（遊）柄沢（二）大谷（三）鶴岡（一）森谷（右）広瀬（捕）竹内（左）松下。ピッチャーの赤根谷飛雄太郎、ラストはセンターの勝村ときちゃうね。秋からはいま審判やってる、滝野さんがセカンドにはいる。13年はたしかライトが吉田にかわってるはずだ」

「へえ、立教は？」

「セカンド北原、センター小林、3番キャプテン黒田のファースト。レフト志摩、サード清原、この人は何でもこなす人でね、ピッチャーもやれば捕手もやる。ライト田部、キャッチャー成田、ショート高田と柚木《ゆき》。ラストがピッチャーの西郷だ。13年は4番に1塁有村、キャッチャー町田、レフト稲村、キャプテンは補欠の足立かな」

「東大は？」

「東大がわからないんだよ。ピッチャーは由谷でなく久保田でしょう。あとサード大村、ファースト野村、ショートに小野なんかいたね」

「緑川っていうキャッチャーがいたでしょう」

「緑川は13年で、キャプテンさ」

江分利の前に昭和12年の神宮球場が彷彿《ほうふつ》としてあらわれてくる。内野スタンドは傾斜がまずくて見にくい所がある。特に内野と外野の境い目の所が妙にゆがんでいる。グラウンドでは鶴岡が軽々と守備している。清水が連続3振にきってとる。高須が強引に本塁につっこむ。浅井がスライディングキャッチする。西郷は相変らず制球力がない。満員である。黒い学生服。白いワイシャツ姿。応援団長が立ちあがる。「右ッ手にぃ、帽子を高ぁくう！　校歌ぁ！　時間がないからぁッ　1番だけぇ！　そらぁッ（前奏）みいやっこのせいほおく、わせだぁのもりにぃ……こらぁ、そこの学生ぇ、声が小さい。すらぁッ！」永田が渋く右前に打つ。チャンス。歓声。ブラスバンド。巨漢の呉明捷が出てくる。「かっせぇ、かっせぇ、ゴォゴォゴォ！　そらぁッ！」そこへ雨が降ってくる。試合は一時中断。学生たちは、さっと消える。神宮はスタンドの下の廊下が割に広い。スタンドには誰もいなくなる。そのかわり、廊下は若者の熱気でムンムンしている。動物くさい。エネルギーがムンムンしている。「おい、そんじゃよお、銀座へ行こうか」「俺独乙語《ドイツご》の追試験があるんだ」「ちぇっ、いいメッチェンいるんだけどな」

昭和12年の大学生は、昭和12年の日本について何を知っていたのだろうか、君たちの力で戦争を止めることはできなかったか。そりゃ無理だよ。そんなこと出来るワケがない。昭和の日本では戦争は避け難い。

それじゃ学生は浮かれていたのだろうか、絶望していたのだろうか。それもわからない。あの学生達はどこへ行っちまったのだろう。半数は戦死したのだろうか。「右手に帽子を高く」はどうしたろう。神宮球場のエネルギーはどうしたろう。あのエネルギーはどこへいったんだろう。神宮球場のエネルギーは何もできなかったのだろうか。グラウンドの巧緻《こうち》や豪放な芸は球戯だけのものだったのか。それは、まあ、当り前だ。

しかし、江分利にとって神宮球場は恥ずかしい。なさけない。悲しい。ひどく恥ずかしい。


「わが宿の……」江分利は、ウイスキーをラッパ飲みする。

テニスのボールの音がものうく聞えてくる。庄助と夏子はどこへ行ったのだろうか。

影が長くなる。

そうだ「この夕《ゆうべ》かも」だ。

「音のかそけきこの夕かも」だ。

江分利の前に白髪《しらが》の老人の像が浮びあがってくる。温顔。どうしてもこれは白髪でなくてはいけない。禿頭《はげあたま》ではダメだ。禿頭はお人よし。神宮球場の若者たちは、まあ、いい。戦争も仕方がない。すんでしまったことだ。避けられなかった運命のように思う。

しかし、白髪の老人は許さんぞ。美しい言葉で、若者たちを誘惑した彼奴《あいつ》は許さないぞ。神宮球場の若者の半数は死んでしまった。テレビジョンもステレオも知らないで死んでしまった。

「かっせ、かっせ、ゴォゴォゴォ」なんてやっているうちに戦争にかりだされてしまった。「右手に帽子を高くゥ」とやってるうちはまだよかったが「歩調ォとれェ、軍歌はじめェ、戦陣訓の歌ァ、一、二、三……やまァとォおのことうまれェてはァ」となるといけない。

野球ばかりやってた奴。ダメな奴。応援ばかりしてた奴。なまけ者。これは仕方がない。

しかし、ずるい奴、スマートな奴、スマート・ガイ、抜け目のない奴、美しい言葉で若者を釣った奴。美しい言葉で若者を誘惑することで金を儲《もう》けた奴、それで生活していた奴。すばしこい奴。クレバー・ボーイ。heart のない奴。heart ということがわからない奴。これは許さないよ。みんなが許しても俺は許さないよ、俺の心のなかで許さないよ。

「前略ご免下さいませ。

忠雄様　その後一向にお便りありませんのね。御達者にてお暮しでございましょうか。

何時《いつ》も変りなく毎日元気でおります。安心してね。寒い寒い冬も訪れてまいりました。北風吹き荒《すさ》む頃きっと愛《いと》しい貴方《あなた》のお言伝えかと、窓辺によれば冷たい嵐《あらし》がしのびこむ、顔を通り過ぎてゆく。その度にこの胸に便り無き岩手の人の心無き式の日がとても寂しいの。毎日来る日も来る日も小さい胸を悩ましましょう。

過ぎし日のことばかり後から後から、されど私はやっぱり一人なのだ。これからは貴方のレター拝見することが出来ないでしょうね。私は決して心は変りはしません。だけど貴方へ差し上げた愛情は何時の世までも貴方の胸へおしまい下さいませ。

貴方へ上げた写真は永遠に貴方のそばにおいてね。つれなき浮世の二人であった。何時も貴方の便り来ると小踊りする位嬉《うれ》しかった。私、二度と拝見することが出来ないでしょうか。短い間の私、忠雄へは一番愛情を捧《ささ》げました。

永久に忘れることなく貴方の胸にね。清い愛情の二人が悲しみもあれ、忠雄様。二人が誓い合ったこの筆にも早やお別れを言う時が来たのではないでしょうか。なにもかも夢であった。空想の幻であった。忠雄様いつまでも幸福であって下さいませ。私何時でも貴方一人の者でありたいと願ったかいも無く、貴方からは何の便りもない。忠雄様返信くれると思ったら、何時でも下さいね。私待ってるわ。

貴方のお写真は毎日待ってるがくれるでしょうね。毎日待ってるわ。

では今日はこれにて、どうぞこの寂しき私の心を男心に思い出して下さいませ。もう悲しくって双の眼は涙に曇って字も見えなくなりました。

では御身大切に。いつまでも幸福であれとはかない女性ながら秋田にてお祈りしております」


この手紙を読んだら、誰だってふきだすだろう。しかし、ほんとうにこの手紙を読んで笑う資格のある奴なんて1人もいない。

これは昭和20年2月17日にフィリピンで戦死した陸軍兵長が肌身《はだみ》につけていた遺品である。（岩波新書『戦没農民兵士の手紙』より）これは江分利にとって「オヤオヤチョイチョイユデアズキ」である。「ナンキンマメノツナワタリ」である。ハンドバッグでなく「木バッグ」である。「右手に帽子を高く」である。この人たちを殺したのは誰か。殺したのは江分利自身でもある。昭和に生きた日本人である。昭和の日本人は、恥ずかしい。


日吉のグラウンドが暮れかかってくる。庄助はトラックを2周廻ってメインスタンドにさしかかる。江分利に手をあげる。少し歩いて深呼吸して、またかけてゆく。彼は、いま英雄だ。

林のなかで夏子の声がする。「庄ちゃん、もう止めなさい」。江分利の手がウイスキーに伸びる。夏子の足音が近づいて「パパも、もう止めなさいよ」。江分利はとたんに忘れていた歌を思い出す。「いささ群竹《むらたけ》吹く風の……」だ。「我が宿のいささ群竹吹く風の音のかそけきこの夕かも」。これでよい。

江分利は木製のスタンドに坐っていて、戦後間もない頃よく見た米軍のライスボウル(アメリカン・フットボール)の試合を思い出した。百人のうち99人はアメリカ人だった。選手が1人ずつ入場するたびにアナウンスがあり、パンパンが凄《すご》い声で声援を送った。「あたいのアレはでけえのとばかりやってるからドーナッツみたいになっちゃってよ、あはは」とパンパンは江分利に話しかけ、黒人白人に躍《おど》りあがって声援した。ふつうの日本人は入れてくれないが、江分利はこっそり塀《へい》の穴からもぐりこんではいっていた。酒は禁止されていたが、米兵の酔っぱらいが何人もいた。銃を持ったMPがそいつらを監視していた。ネクタイが曲っているだけでも注意していた。兵隊もMPも実際に南太平洋で戦ってきた奴等である。日本人を殺し、仲間の死を見てきた奴等である。陸軍と空軍が強く、そのふたつでいうと陸軍の方が少し強かった。元日の優勝戦には全国の基地から兵隊がバスで集まってきた。プロの選手も入っている。メインスタンドの右側は空軍で灰色の1色である。左側が陸軍でカアキイ色。双方ともに1万5千位の応援団が整然と並ぶ。陸軍の攻撃の時は軍楽隊が「野砲隊の歌」(The U. S. Field Artillery

March）などを演奏する。空軍の時は「空軍の歌」（Air Corps March）が多い。少女たちが「ウイ・ウオント・タッチダウン、えいえいエイ」と飛びあがる。空軍のあざやかなロング・フォワードパスが時に功を奏するが、陸軍のシングルウイング・フォーメーションからの中央突破がじりじりと迫って白熱する。たいがいは陸軍が勝つ。タイム・アップとなり陸軍が空軍のエンドゾーンに殺到する。勝ったチームが負けたチームのゴールを倒すのだ。すると、その時だ。空軍の酔っぱらいがただ1人、陸軍応援団1万5千のカアキイ色をめざして殴《なぐ》りこみをかけに行く。MPが2、3人、銃を持って追いかけてゆく。陸軍応援団は微動だにしない。MPは空に発砲する。メイン・スタンドの直前、あなや、という所でそいつをMPがひっとらえる。銃把《じゅうは》で額を割り、控え室へ引っぱってゆく。勝った側と負けた側とでエンドゾーン附近で大乱闘がはじまるのはそれからだ。MPは江分利を見つけて「get out!」と叫ぶ。ミットモナイ風景を見せたくない、と思うのだろう。しかし、江分利にはたった1人で殴りこみをかけて額を割られ、血だらけになったアイツの気持がわかるのだ。アイツはきっと南太平洋で死んでいった奴等のかわりをしたかったんだろう。口惜《くや》しかったんだろう。そいつが引っぱられて行くまでじっとしていた双方の応援団もそいつの心情が分っていたんだろう。紳士じゃないさ、あいつは。しかし、あいつは「男」だ。あいつは酒乱だ。あいつはほんとの「紳士」かもしれない。そしてその場にいた何万という男たちはあいつの気持を「理解」していたにちがいない。死んで行った男たち、生き残った男たち。牧場やスナック・バーや保険会社や広告代理業のオフィスに帰ってゆく男たち。乱闘はミットセナイ。しかし、江分利にとっては、みっともなくもない。それがこのＭＰにはわからないのか。額を割られた兵隊は泣いているかもしれない。江分利はしかしＭＰに叱られても、この場の情景だけは大事にしたい、よく見とどけたいと思った。バカバカしいことさ。バカバカしいけど大事なことなんだ、これは。

それが毎年のライスボウルだった。駐留軍の数がだんだん減ってくると、ライスボウルもおとなしくなった。サラリーマンみたいな兵隊がふえてきた。彼等は「戦争」を知らない。軍楽隊も威勢がわるい。

「あれは、もう終っちまったんだな」と江分利は思う。酔いが廻ってくる。ずいぶんいろんなことがあったけど、バカバカしいことはもう起らないだろう。

ああいう時代や、ああいうことはもう終ったんだ、と思う。あれはせいぜい「バイア・コン・ディオス・マイ・ダーリン」までだったんだな。

解説

山口瞳氏は当代きっての風俗画家である。もっとも、この風俗画家という言葉が、いささか軽々しく、古めかしくて、なんとなく街の詩人的なものや、大量生産の複製画的なイメージを思わせるとすれば、むしろ思いきって、たとえば「人さまざま又の名《な》当世風俗誌」と名付けるような内容の作者である、と言った方がよいと思う。この題名は、実は、十七世紀フランスのモラリスト、ラ・ブリュイエールの著書の名前で、内容は当時の人間や世態人情を精刻に観察しながら、人間的存在の基本というような考えにまで透徹した判断を下したもので、それはいくら読み返しても涸《か》れることのない「もっとも実質的な書物」だと大批評家サント・ブーヴに言われているものだが、山口瞳氏の世界も、根本はこれと共通の土台から出発するのだ、と考えるのが一番適当であると私は思う。

とにかくユニークな存在なのである。この『江分利満氏の優雅な生活』は昭和三十七年度下半期の直木賞を受賞しているが、実にユニークな出現だった。読んでみると何のことはない。われわれのありきたりの生活が、これも実にありきたりの言葉で描かれている。ごくつまらぬ平凡な生活の些細事《さ さいじ》の一般が、そのまま「平談俗語」の世界で語られている。こういう作品なら、何時《いつ》の時代でも、どこでも、そこら辺の到る処に転がっているように思われてしまう。なんだ、こんな性質のものなら、雑誌の生活記事にも新聞のコラムにも子供の作文にも、いくらでもあるではないかと思ってしまう。しかし、そう思って改めて考えてみると、われわれは不思議な事態に気がつくのだ。ではこれに類する同じものがどこにある？　すると実は指差して示すべきものが何もないということを見出す。いくらもありそうでいながら、たとえば直木賞のその前にもその後にも、これは絶えて見られぬ種類の作品である。事実、山口瞳氏以後は、折からのマスコミの異常な膨脹《ぼうちょう》と、大衆社会化状況や泰平ムードに歩調を合わせて、同じような文章が輩出するのであるが、しかしそれらはついにただ一人の「江分利満氏」をも生み出すには到らぬのだ。

簡単に模倣できるようでいて、実はなかなか真似のしがたい独特な性質をこの内容がもっているからである。この内容を、正確に要約すれば、いったい何と呼ぶべきなのか。どうも適当なうまい表現がない。小説？　随筆？　エッセイ？　どれも少しずつ違うという気がする。むろん私小説とか風俗小説の世界からは遠い。そこで苦しまぎれに風俗画家と言ったのだが、要するにこれは生活と人生に関する観察家の文章である。いやむしろ、実にそこに非凡な特徴があると私は感ずるのだが、これは文章ではなくデッサンなのである。単純率直な線と小量のパステルを使って描かれたデッサンの世界である。その線描は、しごく鋭敏で、正確で、軽妙であるから、描かれたものは全部が、つい自分の内部にあったり、すぐ自分の隣にあるもののように感ぜられる。描かれたものは確かにわれわれの生活の或る断面図なのであるから、ふとその全《すべ》てが自分事であるように思い、描かれた内容と共に、これを描く線描もまた自分の所有であるように錯覚して、同じことを試みるとうまくいかないのである。この『江分利満氏』のスタイルは、われわれの日常生活を描くジャーナリズムの文章の一部に強く影響し、模倣される模範となったのであるが、真似をしてみれば、そこについに真似のしがたい根底の生地があらわれるのを誰も認めざるを得ないのである。

何が独特な性質なのか。「パリでは、真の批評は喋《しゃべ》りながら出来上がる」とか「批評家とは公衆の書記に外ならない」ということをサント・ブーヴが言っているが、山口瞳氏のあらわす内容が正《まさ》しくこれに他《ほか》ならない。氏の著書の一つに『世相講談』というのがあって、それはうまい言い方だが、それよりこういう意味の「批評」として考える方がよいと思う。これは公衆と、会話と、もう一つ現代式に附加すれば、新聞記事の中から生れてきたような作品である。そこが独特なのだ。しかも、飾らず、企《ゆが》めず、なまなましい味わいがあり、ついそこにある物に手を触れるような現実感がある。

その意図をうまく説明しているような文章がここにある。「わたしは公衆が貸してくれたものを公衆にお返しする。わたしは此本《このほん》の材料をかれから借用したのだ。出来る限り真実をまげまいとあらゆる注意をこらし、此本がわたしにふさわしくあるようにと冀《ねが》いつつ、此本をここに仕上げたのであるから、これを代りとして公衆にお返しするのが当然である。公衆はゆっくりと、わたしがかれをモデルにしてありのままに描き上げたその肖像を、そこに御覧になることが出来る」（ラ・ブリュイエール『人さまざま』）

山口氏は、われわれの似姿と現実生活の絵草紙を描いてくれるのである。普通、いわゆる批評が、優《すぐ》れた人間の絵草紙を描くものだとすれば、これは、われわれのもっとも普通平凡な生活を描くのだから、その点で批評の文章とは違う。しかし、この世界の根本の生地は、もっとも常識的な意味での批評という行為であって、だからこれは、もう一つの批評の世界なのである。公衆の中で行われるお喋りの批評、つまり生活者による生活の批評、生活者の健全な眼が捉《とら》えた現実生活のあらゆる細部というものなのである。これが真の内容だ。

われわれの生活と現実に関して、もっとも普通のもの、もっとも基本のもの、もっとも平凡なもの、そういう内容を描く努力がどこかになければならない。そういう努力を普通は小説がするのであるが、現在の小説の状況は、できるだけわれわれのもっとも普通の生活から遠ざかろうとするところにあるらしい。純粋に小説的であろうとするものは、可能な限りわれわれの内部に極端に深刻なものを探ろうとして、普通のものから離れてしまうし、中間小説や風俗小説は、フィクションという性質をわるく便利に使用して、これも現実離れした架空のお話に熱中するだけなのである。それではわれわれの現実生活の堅固な母胎となっている、生活や人間に関するもっとも普通の事柄については、誰が語ってくれるのだろう？　そういう読者の、というより、もっとも普通の庶民の要求を満たしたものが、この『江分利満氏』なのである。

この作品が昭和三十七年に受賞していることはなかなか意味深い。昭和三十年代は、最近では江藤淳が『成熟と喪失』で主題として展開しているように、経済の高度成長による急速な大衆社会化状況の変質と過渡期の時代なのである。人の暮しがまるで違ってしまう。現実生活が、われわれの内部の生活の意識と共に、あらゆる局面で動揺し、変化を遂げ、新しくなる。これは滅多にない異常な状態である。現実生活のみならず、心の内部にも、意識としての団地風景のようなものがあらわれてくる。これはわれわれが毎日面接し、現実に強いられているものだ。われわれは、その一つ一つの新しい細部に直面しながら、そして動揺しながら、それが果してよい内容のものかわるい性質のものか、そしてそれがどうなるのかと思う。できれば眼利《めき》きの人の意見がほしい、冷静に観て、率直に考え、沈着である人の言葉がほしいと思う。そういう時に江分利満氏はわれわれを訪れるのだ。むろん、この江分利満氏とは、山口瞳氏の世界を象徴する主人公としての意味である。彼はその変質の一つ一つをまるで記録するように刻印している。この作品でも、戦前と戦後と現在という現代生活風景の三つの変質が実に鮮かな対比となって浮び上がる。

考えてみると、昭和三十年代の後半は、文学でも、観念的で深刻な世界を描く第一次戦後派が後退して、日常的な世界を描く第三の新人の小説が成熟と頂上に達する時期である。つまり、日常生活というものがわれわれの主要な関心と問題とに化した時である。山口氏の登場はこの時期と符節が合っている。それは小説の場所でもノンフィクションがフィクションを侵蝕《しんしょく》しはじめた傾向と一致している。時代の空気と傾向が江分利満氏を求めていたのだ。

この「江分利満氏」という人間が実にいいのである。つまり只野吾郎というようなもので、その内容は、われわれのなかのもっとも平均的な、一人の単純な人間ということである。いわばもっとも普通の人間があらわれる。おそらく作者は、主人公の彼は、自分に近い親密な存在で、自分の趣味や気質や感受性を分ち与えた特別な人間である、と言うかも知れないが、その主人公の特徴をも正確に摑《つか》んで判断している作者の眼光の中にこそ、このもっとも普通の人間という基本があらわれてくるのだ。また、そうだからこそ、現代的で、新味があって、独特な「人さまざま」の世界を描くに足る、一種の公正と無私の視点を作者が得ることができたのである。

おそらく、この「江分利満氏」を支持しているのは、今日を生きる黙々たるサラリーマンの大群であろう。彼等は、日常生活が主題となった二十年代の真の主役を演ずる生活者なのであるが、自分の似姿を描き、現実生活を描き、その底にあるもっとも普通の内容を描いてくれるものを、他の場所に所有してはいないのである。彼等は、自分の内容をこのなかに聴くのである。時にそれは庶民の痛烈な批判の精神であり、ユーモアであり、辛辣《しんらつ》な観察であり、警世の声であり、また憂鬱な心情や優しい感情の一切なのである。山口氏は現在『週刊新潮』に『男性自身』という短文を連載中であるが、たぶん今日のこの時点ほど、江分利満氏の公平な批評の時計と、時代の変化の時計とが、奇妙な平衡を保って一致している時はないだろう。まさに「当世風俗誌」を描く作者の眼がいよいよ縦横に冴《さ》え渡るゆえんである。

山口氏は、この『江分利満氏』の頃は、洋酒の宣伝の仕事をされていたらしい。その故《せい》でもあるまいが、お酒の話はよく出てくる。これは友人に聞いた話であるが、小林秀雄が、或る英国の食通に自分の推す国産のウイスキーを飲ませたところ、彼が少し考えてから、――しかしKick（キック）が足りない、と言いのを聞いて、そういえば文章でもキックのない奴はだめなんだ、と言ったそうだが、山口氏の文章の魅力は実にそういうところにあるのだ。氏の描くのは生粋《きっすい》の散文の世界である。そしてそこにはキックがある。どうもこういう言葉以上に、この散文の独特な味わいとか魅力をうまく言えそうもない。

秋山　駿

ちくま文庫版解説　現代版「徒然草」という流儀

小玉　武

山口瞳が雑誌『婦人画報』の連載をおえ、編集者と単行本化の準備をはじめていた昭和三十七年暮、当の連載小説「江分利満氏の優雅な生活」の第四十八回直木賞受賞が決まった。その年の下半期の受賞であった。

受賞の知らせは山口さん本人はもとより周囲にとっても、まるで青天の霹靂《へきれき》か、疾風《はやて》による歳末の椿事をおもわせるような出来事だった。ときに山口瞳三十七歳。まだ一冊の著書もだしていなかった。会社をおえて帰宅してから茶の間のテーブルで夜なべの原稿を書いたりしてはいたが、当の本人は寿屋（現・サントリー）宣伝部に中途入社してすでに五年がたち、その年の夏に係長から課長補佐に昇進したばかり。よい職場を得てついにサラリーマンとして順調な軌道にのったかと、仕事にも役職にも手ごたえを感じていた。そして内心すこしでも長く勤めようと決心していたのだった。

しかしながら、人の運命の急変は、いつもこのようにしてやってくる。むろんだれにも予期できることではない。山口瞳の同僚だった開高健も昭和二十九年、二十三歳で寿屋宣伝部に入社した翌年からしばらくは、一時的であったにせよ、小説家志望を諦めたようなことをみずから書き残している。ところが開高の場合もまたとない素材に遭遇することによって、創作意欲を刺激され同三十二年、一気に力作「パニック」を発表してチャンスを摑んだ。そして異色作「裸の王様」を『文学界』十二月号に書き、その年下半期の第三十八回芥川賞に決まったのだ。このときも周囲があっけにとられたことはいうまでもないけれど、開高さんの受賞の直後に、補強のために山口瞳が入社したのだった。

「江分利満氏の優雅な生活」は事実上、山口瞳の処女作である。

処女作はその作家の生涯にわたる作品を予告しているといわれるが、「江分利満氏の優雅な生活」ほど、山口瞳のその後の作品を見事に「予言」したケースは、ほかに例を見ないのではなかろうか。自分をとりまく身辺の出来事、世態風俗、こころにのこる過去のこと、将来への不安や期待、日常の苦労や愉しみ、そしてさらに心眼でとらえたもろもろの身辺雑事、見え隠れする人情の側面をやわらかな文章で、しかしこだわりをもっていきいきと描いた。

この作品が私小説であるのか、それとも志賀直哉以来の伝統的な心境小説であるのか、ドラマと物語性のある随筆的な読み物とみたらよいのか、多くの読者がとまどった。そのこと自体がまた、作品の「形」をめぐる話題にもなった。この作品は新潮社版『山口瞳大全』では一七五頁である。長篇というには短く、中篇というにはやや長く、それにこれまでの直木賞作品にはないめずらしい構成である。

つまり、十一の中見出しというより、はっきりと十一の章を立てていて、それぞれの章には三つないしは四つの小見出しが付けてある。十一章で小見出しがちょうど三十六段。兼好のあの『徒然草』は二百四十三段で、短いコラム風の文章がつづくが、当時、単行本になったばかりのこの作品を手にとって、私は山口瞳が全三十六段の現代版「徒然草」を編んだのではないかとさえおもったものだ。ともかくここに書きぬいてみよう。

しぶい結婚（SNUB-NOSE. 38、塀、犬を飼う、なんにもなくてもよい）
おもしろい？（重苦しい朝、江分利満の親友について、ホワイト・カラー、おもしろい？）
マンハント（いで立つわれの……、オードブル、マンハント）
困ってしまう（病気と江分利、ブキッチョ、快男児）
おふくろのうた（何だか変だョ、この家の話わからず、南部の人）
ステレオがやってきた（冬枯れの田圃で、ゴルフはスポーツであるか、拾礼男）
いろいろ有難う（父のベレー帽、戦争と戦争の間、自分の胡桃）
東と西（吉沢の竜舌蘭、イノキヨル、大発見）

カーテンの売れる街（公園で何をするか、街の匂い、ベッド・タウンへの道）
これからどうなる（賭けと読み、もてない江分利、古いタイプ）
昭和の日本人（なぜ恥ずかしいか、固い焼きソバ、バイア・コン・ディオス、音のかそけき）

タイトルの下のカッコ内は小見出しである。こうして一読してみると、ここに列記した文章の行間の響き合いが見事に生かされていることにまず気づく。本文では自然に流して読んでしまうので、そんなことには気づかない。

さらにそれぞれの小見出しの、ことばとことばの間の配合を見てみよう。さりげないことばの断片のようにみえる文字同士がただ意味合いだけでなく、つい引き込まれるアイキャッチャーとなって効果を発揮している。そして相互にひびきあっている。それは新鮮な印象をともなう一種の詩的な表現といってよいのかもしれない（むろん本文では小見出しはそれぞれ離れているから読者はそのようなことを意識しない。だが無意識のうちにたしかに感じとっているのである）。

小説や詩の技法が、広告制作やコピー作法に生かされるということはむかしからの常識であろう。だが、その逆も真なり、なのである。広告コピー作法が、文学作品を生き生きとさせることは十分にありうるのだ。「江分利満氏の優雅な生活」には、山口瞳一流の広告コピー作法が存分に生かされているのであった。それが山口瞳の流儀なのだ。そしてそのうえでなお忘れてはならないのは、山口さんが歌人吉野秀雄の教え子で、芭蕉の俳諧を好み、三好達治の詩を愛誦し、若いころから江戸時代の川柳集『誹風末摘花』を愛読するひとであったことである。

直木賞を受賞するすこし前、昭和三十七年の新聞広告に山口瞳はこんなコピーを書いた。適当なモデルが見つからなかったので自ら令息正介さんと二人で写真に登場し、自己演出した作品だ。

夕食後

夜の
いちばんいい時間
トリスを飲んで
ゆるやかに
自分の世界にはいる

この全五段の広告の片隅には小さな活字で「父と子シリーズ①」とあって、このコピーの真下にトリスウイスキーのボトルと製品名、そして四分の三ぐらいを占めるスペースには、大きなソファーの左端で「父」の山口さんが雑誌に目をとおしながらグラスを傾けている。右端には「子」の正介さんが少年雑誌を広げている。ごく自然な夕食後の光景と思われる。このシリーズは評判がよかった。

「江分利満氏の優雅な生活」が雑誌連載され、直木賞を受賞するその前後の数年間、私はサントリー宣伝部（同三十八年、寿屋から社名変更）の山口係長のもとで広告制作やPR誌の編集にあたっていた。それも入社が内定した年の秋から、私はアルバイトで『洋酒天国』の編集を手伝いはじめていたのだが、初対面の時の印象がつよく残っている。山口さんは私に自分の名刺をくれて、こういったのだ。「僕は社内でもね、必要とおもうときには名刺をだします。名前は正確におぼえてください」と。この一言を私はなぜか今も忘れることができない。

同三十七年の夏に山口さんは課長補佐になったが、私は相変わらず目をかけてもらい直接的な薫陶をうけていたことになる。「宣伝部は小説家志望のコピーライターのはきだめなんだよな」とみずからに浴びせかけるような悪口雑言をときにはきながら、若手に対する面倒見のよい中間管理職だった。

そのうえ舌をまかずにいられなかったことは、山口さんが書くコピーからは肉声が聞こえてきたし、人生の哀歓と、日々を黙々と働いていることの誇りを感じさせる飾らない裸のことばが次から次へと湧き出してくることだった。そのコピーはいつもすんなり心に浸みこんでくるものだった。

山口瞳が亡くなった翌年、『サントリークォータリー』第五十一号は追悼特集を組んだ。平成八（一九九六）年四月のことだ。

巻頭で奥野健男氏と秋山駿氏に対談をお願いした。奥野さんは冒頭で、麻布中学の校友会誌に、山口瞳は「親父が破産して裏長屋に移って学用品を買うお金がない」という一家の事情を書いた小説を発表したことがあり、ショックをうけたことをおぼえていると語った。

その後も奥野さんは『現代評論』という同人雑誌を一緒にやったりしたが、山口瞳は「履歴書」というような内容の作品を書きたいと、いつもいっていたという。だから「江分利満氏の優雅な生活」を読んだとき、「ああ、これは山口が言っていたあの「履歴書」だな、と思った」と語っているのだ。山口瞳は書くとすればこれだと、かなりまえから決めていたという。

それに対して秋山駿は、編集者から勧められてあのような内容になったと思っていたが、「山口さんは自分の原点を書いたのですね」と、作品に対する印象が変わったと語っている。

奥野健男はさらに、「江分利満氏の優雅な生活」を読んだ三島由紀夫が、山口瞳のようなタイプは嫌いな感じに思われるのだが、「あれはいいね、目がジーンとした」と電話してきたという想い出を語ったのだ。

すると秋山さんは、「そこは三島由紀夫のすごさなんだな、ああいうのをちゃんとパッと感じるんですね。三島由紀夫はおよそ小市民的な感情を嫌いそうな人だったけど、山口さんはその小市民的なところを徹底して書いたから」と、この話題を締めくくっているのである。

三十八歳にして、「江分利満氏の優雅な生活」で実質的な文壇デビューを果たした山口瞳は、戦中派として、また昭和の語り部として、千六百十四回も休まず連載した「男性自身」(『週刊新潮』連載)の書き手として、大いに活躍したが、登場したときからとても話題の多い小説家だった。

＊本書は一九六三年二月、文藝春秋から刊行された。文庫化にあたっては、『山口瞳大全』（新潮社）を参照した。

＊本書中に、今日から見ると差別的あるいは差別的ととられかねない表現がありますが、歴史的背景および著者が故人であるという事情により、原文どおりといたしました。

三島由紀夫レター教室　三島由紀夫

五人の登場人物が巻き起こす様々な出来事を手紙で綴る。恋の告白・借金の申し込み・見舞状等、一風変ったユニークな文例集。（群ようこ）

コーヒーと恋愛　獅子文六

恋愛は甘くてほろ苦い。とある男女が巻き起こす恋模様をコミカルに描く昭和の傑作が、現代の「東京」によみがえる。（曽我部恵一）

七時間半　獅子文六

東京—大阪間が七時間半かかっていた昭和30年代、特急「ちどり」を舞台に乗務員とお客たちのドタバタ劇を描く隠れた名作が遂に甦る。（千野帽子）

青空娘　源氏鶏太

主人公の少女、有子が不遇な境遇から幾多の困難にぶつかりながらも健気にそれを乗り越え希望を手にする日本版シンデレラ・ストーリー。（山内マリコ）

御身　源氏鶏太

矢沢章子は突然の借金返済のため自らの体を売ることを決意する。しかし愛人契約の相手・長谷川との出会いが彼女の人生を動かしてゆく。（寺尾紗穂）

カレーライスの唄　阿川弘之

会社が倒産した！　どうしよう。美味しいカレーライスの店を始めよう。若い男女の恋と失業と起業の奮闘記。昭和娯楽小説の傑作。（平松洋子）

愛についてのデッサン　野呂邦暢　岡崎武志編

夭折の芥川賞作家が古書店を舞台に人間模様を描く「古本青春小説」。古書店の経営や流通など編者ならではの視点による解題を加え初文庫化。

おれたちと大砲　井上ひさし

家代々の尿筒掛、草履取、駕籠持、髪結、馬方、いまだ修業中の彼らは幕末の将軍様を救うべく、奮闘努力、東奔西走。爆笑、必笑の幕末青春グラフティ。

真鍋博のプラネタリウム　真鍋博　星新一

名コンビ真鍋博と星新一。二人の最初の作品『おーい　でてこーい』他、星作品に描かれた挿絵と小説冒頭をまとめた幻の作品集。（真鍋真）

方丈記私記　堀田善衞

中世の酷薄な世相を覚めた眼で見続けた鴨長明。その人間像を自己の戦争体験に照らして語りつつ現代日本文化の深層をつく。巻末対談＝五木寛之

落穂拾い・犬の生活　小山清

明治の匂いの残る浅草に育ち、純粋無比の作品を遺して短い生涯を終えた小山清。いまなお新しい、清らかな祈りのような作品集。（三上延）

須永朝彦小説選　須永朝彦　山尾悠子編

美しき吸血鬼、チェンバロの綺羅綺羅しい響き、暗い水に潜む蛇……独自の美意識と博識で幻想文学ファンを魅了した小説作品から山尾悠子が25篇を選ぶ。

紙の罠　都筑道夫　日下三蔵編

都筑作品でも人気の〝近藤・土方シリーズ〟が遂に復活。贋札作りをめぐり巻き起こる奇想天外アクション小説。二転三転する物語の結末は予測不能。

幻の女　田中小実昌　日下三蔵編

近年、なかなか読むことが出来なかった〝幻〟のミステリ作品群が編者の詳細な解説とともに甦る。夜の街の片隅で起こる世にも奇妙な出来事たち。

第8監房　柴田錬三郎　日下三蔵編

剣豪小説の大家として知られる柴錬の現代ミステリ短篇の傑作が奇跡の文庫化。〈巧みなストーリーテリング〉と〈衝撃の結末〉で読ませる狂気の8篇。

飛田ホテル　黒岩重吾

刑期を終えたやくざ者に起きた妻の失踪を追う表題作など、大阪のどん底で交わる男女の情と性。直木賞作家の傑作ミステリ短篇集。（難波利三）

『新青年』名作コレクション　『新青年』研究会編

探偵小説の牙城として多くの作家を輩出した伝説の総合娯楽雑誌『新青年』。創刊から101年を迎え新たな視点で各時代の名作を集めたアンソロジー。

ゴシック文学入門　東雅夫編

江戸川乱歩、小泉八雲、平井呈一、日夏耿之介、澁澤龍彥、種村季弘――。「ゴシック文学」の世界へと誘う厳選評論・エッセイアンソロジーが誕生！

刀　東雅夫編

名刀、魔剣、妖刀、聖剣……古今の枠を飛び越えて「刀」にまつわる怪奇幻想の名作が集結。業物同士が唸りを上げる文豪×怪談アンソロジー、登場！

家が呼ぶ　朝宮運河編

ホラーファンにとって永遠のテーマの一つといえる「こわい家」。屋敷やマンション等をモチーフとした逃亡不可能な恐怖が襲う珠玉のアンソロジー！

ちくま文庫

江分利《えぶり》満氏《まんし》の優雅《ゆうが》な生活《せいかつ》

二〇〇九年十一月　十　日　第一刷発行
二〇二二年　九　月二十五日　第五刷発行

著　者　山口瞳（やまぐち・ひとみ）

発行者　喜入冬子
発行所　株式会社　筑摩書房
　　　　東京都台東区蔵前二―五―三　〒一一一―八七五五
　　　　電話番号　〇三―五六八七―二六〇一（代表）
装幀者　安野光雅
印刷所　中央精版印刷株式会社
製本所　中央精版印刷株式会社

ISBN978-4-480-42656-7　C0193